D1666671

EDITORIAL
The Shadowfiles
Autonomy and Allonomy

Ann Demeester & Edna van Duyn

Much of what an art centre like de Appel does is directed by the primacy, or even dictate, of the need for visibility and the provision of insight to all. That goes without saying and is logical, as it's a genuine desire (alongside it being a mission, and a requirement) to function as *trait d'union* between visual art and various audience groups.

On top of everything that an art centre like de Appel does, there's a plethora of work that isn't shown – and often it's not meant to be: research is being done, proposals are being made, ideas are being developed but never realised, conversations and brainstorm session take place behind the scenes but don't lead to visible results… Words, ideas, sketches, dreams and plans that reside in the back of one's mind. Together they offer an attractive alternative, a vital 'Plan B', for what else de Appel could be, could become or could have been instead of the exhibitions, performances, lectures, informances, conferences, books and events that have come to fruition in de Appel's Boys' school, or that can be seen at other locations.

Just like everyone in the possession of a computer is expected to be visible all the time,

REDACTIONEEL
The Shadowfiles
Autonomie en Allonomie

Ann Demeester & Edna van Duyn

Veel van wat een kunstencentrum zoals de Appel doet, valt onder het 'primaat' of zelfs 'dictaat' van de zichtbaarheid en is ten allen tijde inzichtelijk voor iedereen. Dit is logisch en niet meer dan vanzelfsprekend aangezien het een wezenlijke wens is (naast een missie en een opdracht) om als 'trait-d'union' tussen de beeldende kunst en diverse publieksgroepen te fungeron

Naast alles wat een kunstencentrum als de Appel toont, is er echter nog een veelheid aan niet getoond – en vaak ook niet voor vertoning bedoeld – materiaal: onderzoek dat wordt verricht, voorstellen die worden gedaan, ideeën die worden ontwikkeld maar nooit worden gerealiseerd, gesprekken en brainstormsessies die achter de schermen worden gevoerd, maar niet tot een voor de buitenwacht tastbaar resultaat leiden… Woorden, ideeën en schetsen, dromen en plannen die in het archief en in het achterhoofd huizen. Samen vormen ze een verleidelijk alternatief, een vitaal 'Plan B', voor wat de Appel nog meer kan zijn, kan worden of had kunnen zijn dan de tot werkelijkheid geworden tentoon-

to 'perform', de Appel is being asked more than ever to step out and to be 'transparent'. For an arts centre like de Appel, that means to be as accessible and visibly present and approachable as possible. Which is similar to the position of a free-lance curator, who cannot afford to drop off the social radar and is forced to always respond to work-related emails, thus reducing the time available for critical reflection and research.[1]

To be able to perform and present, de Appel needs to continuously interrogate what she cares about and what she finds relevant, if she wants to choose consciously what is going to be responded to, and what is being brought to the attention of the viewer/visitor and what isn't. This research is being done in the wings and is rarely being given attention. It is a kind of 'shadow reality', that sits behind the day-to-day reality of showing and presenting, communicating and distributing. This kind of 'opacity' – the word literally means 'opaque' but is being used here in the sense of 'to withdraw from public' – as it's being called by curator and theorist Nina Möntmann, is vital for an institution's future.[2] It is difficult to define fertile ground that nourishes a organisation.

The publication series *The Shadowfiles* aims to make some of this stream of (hidden) visions, which for de Appel functions like a permanent source of energy, visible. They're not 'events', they're not framed in time and place – but they have their own level of reality. These thoughts and that what has spawned them, the analyses, the theories and the utopias – that usually stay 'indoors' – will be put

stellingen, performances, lezingen, informances, conferenties, boeken en events die in de Appel (Jongensschool) of op andere locaties te zien zijn.

Net als aan elk individu in bezit van een computer wordt gevraagd om continu zichtbaar te zijn, te 'performen', wordt ook aan de Appel meer dan ooit gevraagd om naar buiten te treden en om 'transparant' te zijn. Voor een kunstencentrum als de Appel betekent dat zoveel mogelijk toegankelijk, zichtbaar en bereikbaar zijn, een positie die vergelijkbaar is met die van de free lance curator die ook niet van de sociale radar kan verdwijnen en gedwongen is mails over werk continu te beantwoorden waardoor tijd voor reflectie en research zeldzaam is.[1]

Om te kunnen 'performen' en 'presenteren', moet de Appel voortdurend onderzoeken waar zij om geeft en wat zij relevant vindt. Dit permanente research fungeert als leidraad bij keuzes: Wat wordt onder de aandacht van de kijker/bezoeker gebracht en wat niet. Dit onderzoek vindt in de coulissen plaats en er wordt doorgaans geen ruchtbaarheid aan gegeven. Het is een soort 'schaduwwerkelijkheid' die achter de dagelijkse realiteit van het tonen en presenteren, communiceren en distribueren schuilgaat. Dit soort 'opacity' – de term betekent letterlijk 'ondoorzichtigheid' maar staat hier voor het 'zich onttrekken aan de openbaarheid' – zoals curator en theoretica Nina Möntmann het noemt, is vitaal voor het voortbestaan van een instituut.[2] Het is de voedingsbodem waarop de organisatie teert.

De publicatiereeks The Shadowfiles beoogt iets zichtbaar te maken van die stroom aan (verborgen) denkbeelden die voor de Appel fungeert als een permanente energiebron. Het zijn geen 'gebeurtenissen', ze zijn niet in tijd en plaats gevat – maar hebben hun eigen werkelijkheidsgraad. Deze gedachten en wat er aan ten grondslag

to paper in the context of the *The Shadowfiles* series and will thus be distributed. Attention will also be paid to the context in which these ideas are being formulated; after all, art is 'autonomous' exactly because it is 'free', but at the same time it is indisputably connected to the rest of the world – to the physical and social environment in which it arises, to the social and political reality to which it relates.

The emphasis in *The Shadowfiles* will be on 'allonomy'; the dependency on and the influence of the bigger whole that surrounds de Appel. *The Shadowfiles* will make arguments, material and backgrounds legible on paper, without this directly being an analysis of the institution's behaviour or a scientific justification. Usually invisible processes and internal (underground) ones will be brought out into the open. Readers will be able to draw their own conclusions because they're being given a glance behind the scenes. Apocryphal dossiers that complement the canonised stories.

The first issue of *The Shadowfiles* has as its starting point the shadow project 'Take the Money and Run' which was realised by de Appel employees as a parallel and urgent element of the benefit auction 'Two in One'. This auction was organised in conjunction with Christie's and Witte de With to help finance the renovation of de Appel's new home base on the Prins Hendrikkade 142. Looking back at this attempt to financial self-help, which came with the danger that a non-profit organisation like de Appel could be considered a contemporary collaborator of the commercial circuit, our considerations, doubts and objections are

heeft gelegen, de analyses, de theorieën en de utopieën – die doorgaans 'binnenskamers' blijven, zetten wij in het kader van de reeks The Shadowfiles op papier en brengen we zo in omloop. Daarbij zal de aandacht ook uitgaan naar de context waarbinnen ideevorming plaatsvindt: de kunst is immers 'autonoom' omdat ze 'vrij' is, maar tegelijkertijd altijd onlosmakelijk verbonden met de rest van de wereld – met de fysieke en sociale omgeving waarin ze ontstaat, met de maatschappelijke en politieke realiteit waartoe ze zich verhoudt.

In The Shadowfiles komt de nadruk te liggen op de 'allonomie': de afhankelijkheid en de invloed van het groter geheel dat om de Appel heen bestaat. The Shadowfiles zullen op papier argumenten, materiaal en achtergronden inzichtelijk maken zonder dat hiermee direct het eigen institutionele gedrag geanalyseerd of wetenschappelijk verantwoord wordt. Doorgaans onzichtbare en interne (ondergrondse) processen worden naar buiten gebracht. Apocriefe dossiers die de gecanoniseerde verhalen aanvullen.

Het eerste nummer van The Shadowfiles heeft als uitgangspunt het schaduwproject 'Take the Money and Run' dat Appelmedewerkers realiseerden als parallel project en onderdeel van de benefietveiling 'Two in One'. Deze benefietveiling werd in samenwerking met Christie's en Witte de With georganiseerd om de renovatie van de nieuwe thuisbasis van de Appel aan de Prins Hendrikkade 142 te financieren. In een terugblik op deze poging tot financiële zelfhulp waarbij het gevaar dreigde dat een non-profit instituut als de Appel beschouwd zou kunnen worden als een contemporaine collaborateur met het commerciële circuit, wordt duidelijk gemaakt wat onze overwegingen, twijfels en bezwaren waren en wordt

21/DEC/07
RIJKMAN GROENINK MAY HAVE LOST THE BATTLE ABOUT HIS BANK – IT WILL BE DIVIDED UP
SHORTLY – BUT AT THE ELEVENTH HOUR HE HAS SAFEGUARDED THE ABN AMRO ART COLLECTION.
JUST BEFORE THE BANK WAS TAKEN OVER BY THE CONSORTIUM (FORTIS, SANTANDER, ROYAL
BANK OF SCOTLAND) IN OCTOBER, THE BANK'S COLLECTION – SOME 16,000 WORKS IN TOTAL,
INCLUDING VALUABLE PIECES BY FOR INSTANCE CONSTANT, KAREL APPEL AND MARLENE DUMAS
– WAS HANDED OVER TO THE ABN AMRO ART FOUNDATION, WITH GROENINK AS NEW CHAIR.
WWW.VOLKSKRANT.NL

being exposed and the phenomenon of auctions is being put in a wider context. Other initiatives that have come about in times of financial crisis – thanks to or despite of the recession – are being placed in a timeframe. The images of new work that have been produced for our new premises show that they have found a new home after having been presented in de Appel's original home.

[1] See Jan Verwoert ('Ik kan niet, ik kan niet, wie geeft erom' in OPEN no. 17 [I cannot, I cannot, who cares?]) in which Verwoert calls on artists to adopt another ethics in the form of a pamphlet-like text, which arose from a personally felt necessity. He calls for ethics that make it possible to adopt another attitude in relation to the current demand to perform which seems to prevail. By acknowledging that you care about something, Verwoert thinks that you make a more conscious choice about whether you do or don't want to participate.
See also Jan Verwoert, 'Control I'm here: a call for the free use of means of producing communication, in curating and in general', in *Curating and the Educational Turn*, ed. Paul O'Neill & Mick Wilson, Open Editions & de Appel arts centre 2010, pp. 23–31.

[2] Nina Montmann, 'Opacity. Art Institutions, Current Considerations and the Economy of Desire', UKS, Oslo, 2005.

The notion of allonomy (from 'allos', the other) is not about suppression, and certainly not about an abstract, intellectual kind of freedom, but about another truth that emerges through dialogue.

het fenomeen veiling in een bredere context geplaatst. Ook worden andere initiatieven die in de tijden van de financiële crisis - dankzij of ondanks de recessie - ontstaan zijn, in een tijdslijn geplaatst. In de foto's van de nieuwe werken die ten bate van onze nieuwe behuizing gemaakt zijn wordt zichtbaar dat deze werken zelf in een nieuw huis onderdak hebben gevonden, nadat ze eerst in het geboortehuis van de Appel gepresenteerd werden.

[1] zie Jan Verwoert ('Ik kan niet, ik kan niet, wie geeft erom' in OPEN nr 17) waarin Verwoert vanuit een persoonlijk gevoelde noodzaak in een pamfletachtige tekst kunstenaars oproept tot een andere ethiek. Een ethiek die het mogelijk maakt een andere houding in te nemen ten aanzien van de huidige eis tot performen die onze hedendaagse cultuur kenmerkt. Door te erkennen dat je ergens om geeft, meent Verwoert, kun je bewuster kiezen of je juist wel of juist niet mee wilt doen. En ook Jan Verwoert, 'Control I'm here: a call for the free use of means of producing communication, in curating and in general', in Curating and the Educational Turn, ed. Paul O'Neill & Mick Wilson, Open Editions & de Appel arts centre 2010, pp.23-31

[2] Nina Möntmann, "Opacity. Art Institutions, Current Considerations and the Economy of Desire", UKS, Oslo, 2005.

Het begrip allonomie (van allos, de ander) gaat niet over onderwerping en al helemaal niet om een abstracte, intellectuele vrijheid, maar om een andere waarheid die in dialoog ontstaat.

Amsterdam, January 2009

Dear Artists,

De Appel arts centre hereby invites you to participate in the project *'Untitled (Take the Money and Run)'* (working title). For this project thirty artists are being invited to reflect upon the value of art in current times.

In 2009 a new era is starting for de Appel. De Appel is moving to its fourth location since its foundation in 1974. In order to finance the relocation and the conversion of the new building, de Appel is organizing - in addition to other fundraising activities and together with Witte de With center for contemporary art - a benefit auction at Christie's auction house on May 20th 2009.

Organizing an auction seems to be going against de Appel's years long tradition of working non-commercially. However, like many other art institutes, de Appel is safeguarding its future – the finances that make that future possible – e.g. by collaborating with the commercial art circuit, even though the institution is critical towards the phenomenon of art auctions. This ambiguous position is the reason why de Appel donates $1/3^{rd}$ of its auction objects to *'Untitled (Take the Money and Run)'*, a project that takes place within the format of the auction, and questions the valuation of art in the art world of today.

The auction will hence be deployed not only as a fundraising instrument, but also as a means to make the current value system within the art world topic of discussion.

At what moment is the value of art created? When a work exists as an idea? When it is produced, presented or sold? To what extent is an idea a product? Is a concept saleable or can an experience be seen as a commodity? What is the difference between economic and symbolic value? These are the questions that were frequently posed by conceptual artists in the 1970s. But how do artists relate to these issues nowadays?

In the line of de Appel's history of presenting conceptual, ephemeral art, we are inviting you to reflect on the issues raised

on a sheet of paper, A4 size. These 'products' can take the form of a text, letter or e-mail, contain a proposal for the future, an idea for a performance, or any other image or concept relevant within this context.

The 'works on paper' of *Untitled (Take the Money and Run)'* will become part of the com-modification of art, and at the same time questioning it. By auctioning ideas as products, a price tag is being given to art forms, like Conceptual art, that in the past resisted the idea of art as an object of monetary value.

'Untitled (Take the Money and Run)' will be presented from May 1st till May 16th in an exhibition on Brouwersgracht 196, the building where Wies Smals initiated De Appel in 1974.

After this exhibit, the works of *'Untitled (Take the Money and Run)'* will be shown during Christie's viewing days together with the 'other' art objects on auction (from May 17th till May 20th). *'Untitled (Take the Money and Run)'* will be accompanied by a series of discursive events.

We sincerely hope that you will take part in *'Untitled (Take the Money and Run)'* and would be very grateful if you would let us know as soon as you can whether you are interested.

The deadline for submitting your contribution is March 15th 2009. We realise that this is short notice, but we nevertheless hope that you will be able to participate. In the event of a work being sold the artist will receive 15% of the proceeds.

With kind regards,

Danila Cahen, Nell Donkers and Edna van Duyn, curators

Danila Cahen, coordinator Curatorial Programme (participant Curatorial Training Programme 2003-04); Nell Donkers, library and archive de Appel; Edna van Duyn, publications de Appel since 1984.

The project derives its working title from the performance 'Take the money and run' held in de Appel in 1977. The artists Colen Fitzgibbon and Robin Winters confiscated the personal possessions of the 'cooperative' audience in four steps:
1. Interrogation: You have the right to remain silent
2. Shakedown: Your personal property is going to be examined and placed in a sealed envelop.
3. Confiscation: Name. Occupation. Please place your hands on top of your head.
4. Participation: This property will be returned to you after the entire audience has been examined. Please examine your property and sign the envelope.

13/MAR/08
COLLECTING TODAY: PRIVATE PASSIONS, PUBLIC BENEFITS 'MY ACTIVITY AS A
COLLECTOR DOES NOT FOCUS ON THE MERE OWNERSHIP OF BEAUTIFUL OBJECTS',
VALERIA NAPOLEONE. AN EVENING SYMPOSIUM INITIATED BY W139, DE APPEL AND
THE CULTURAL PATRONAGE PROGRAMME OF ART & BUSINESS.
WWW.DEAPPEL.NL

Amsterdam, januari 2009

Beste kunstenaars,

De Appel arts centre nodigt u uit om deel te nemen aan het
project 'Untitled (Take The Money and Run)' (werktitel). In dit
project, dat onderdeel zal zijn van een kunstveiling, wordt een
dertigtal hedendaagse kunstenaars gevraagd te reflecteren op de
waardebepaling van kunst in deze tijd.

In 2009 breekt er voor de Appel een nieuwe periode aan. De
activiteiten en tentoonstellingen worden voortgezet in een ander
pand, de vierde locatie van de Appel sinds haar oprichting in
1974. Om de verhuizing en de verbouwing van het nieuwe gebouw te
financieren organiseert de Appel, naast andere fondsenwerving-
activiteiten en samen met kunstinstelling Witte de With, een
benefietveiling op 20 mei 2009 bij het veilinghuis Christie's.

De jarenlange traditie van de Appel om niet-commercieel te
werken staat haaks op de notie van het inzetten van een kunstveiling. De Appel stelt haar bestaan – d.w.z de financiering die
haar werking mogelijk maakt – veilig door net als vele andere
kunstinstellingen samen te werken met het commerciële circuit
en staat tegelijkertijd kritisch tegenover het fenomeen kunst-
veilingen. Deze ambigue positie is de reden waarom de Appel 1/3
van de veilingobjecten aan 'Untitled (Take the Money and Run)'
doneert, een project dat binnen het 'format' van de veiling
plaatsvindt en waarin de marktwaarde van kunst kritisch wordt
bevraagd.

Op welk moment ontstaat de waarde van kunst? Als een werk
bestaat als idee? Wanneer het uitgevoerd, gepresenteerd of verkocht wordt? In hoeverre is een op papier gezette gedachte een
product, is een concept verkoopbaar of een ervaring te zien als
'commodity'? Wat is het verschil tussen economische of symbolische waarde? Dit zijn vragen die door conceptuele kunstenaars in
de jaren zeventig van de vorige eeuw veelvuldig werden gesteld.
Maar hoe wordt anno 2009 de waarde van kunst bepaald?

Wij vragen u binnen deze context een 'schets' aan te leveren
op A4 papier. Deze A4 kan de vorm aannemen van een reflecterende
tekst, brief of mail, en een voorstel voor de toekomst, een idee
voor een performance, een aanbod voor een gesprek of een andere
relevante uitwerking bevatten.

Aangezien de Appel in haar aanvangsjaren een sterke focus
had op het tonen van conceptuele en efemere kunst, is gekozen
voor een vorm die inmiddels de 'gevestigde' esthetiek van de
conceptuele kunst is geworden. Door de ideeën op A4 als product
te veilen, wordt een prijskaartje gehangen aan kunstvormen die
zich in het verleden juist afzetten tegen commercie en kunst als
object van waarde.

De 'werken op papier' van '*Untitled (Take the Money and Run)*' worden zowel onderdeel van de 'commodification' als dat ze het bevragen. Zij zullen door de veilingmeester afgehamerd worden, maar tevens vragen opwerpen.

De veiling zal hiermee niet alleen ingezet worden als instrument om fondsen te genereren, maar ook om het huidige waardesysteem binnen de kunstwereld onder de loep te nemen. Het project is een empathische kritiek van binnenuit waarin de Appel en de kunstenaars een rol aannemen van (contemporain) collaborateur en tegelijkertijd die van kritisch bevrager.

Van 1 tot 16 mei zal de tentoonstelling '*Untitled (Take the Money and Run)*' gepresenteerd worden in het pand op de Brouwersgracht 196, waar Wies Smals de Appel in 1974 initieerde.

Na deze presentatie op de Brouwersgracht zullen de werken van '*Untitled (Take the Money and Run)*' zich voegen bij de overige veilingobjecten en van 17-20 mei worden getoond tijdens de kijkdagen van veilinghuis Christie's en op 20 mei 2009 geveild worden. '*Untitled (Take the Money and Run)*' zal begeleid worden door een reeks discursieve activiteiten.

Wij hopen van harte dat u deel wilt nemen aan '*Untitled (Take The Money and Run)*' en zouden het zeer op prijs stellen als u ons voor 10 februari 2009 kunt laten weten of u geïnteresseerd bent.

De uiterlijke inleverdatum voor het werk op papier is 15 maart 2009. Wij zijn ons terdege bewust van de krappe deadline, maar hopen desalniettemin dat u een bijdrage wilt leveren. Als deze verkocht wordt zal 15% van de opbrengst u toekomen.

Met vriendelijke groet,

Danila Cahen, Nell Donkers en Edna van Duyn, curatoren

Danila Cahen, coördinator Curatorial Programme (deelnemer Curatorial Training Programme 2003-04); Nell Donkers, bibliotheek en archief de Appel; Edna van Duyn, publicaties de Appel sinds 1984.

Notitie:
Het project ontleent zijn werktitel aan een performance 'Take the Money and Run' die plaatsvond in 1977 in de Appel, waar kunstenaars Colen Fitzgibbon en Robin Winters in een performance het "meewerkende" publiek in vier stappen ontdeden van hun persoonlijke bezit:
1. Interrogation: You have the right to remain silent.
2. Shakedown: Your personal property is going to be examined and placed in a sealed envelop.
3. Confiscation: Name. Occupation. Please place your hands on top of your head.
4. Participation: This property will be returned to you after the entire audience has been examined. Please examine your property and sign the envelope.

18/JUN/08
EXHIBITION ARGENT LE PLATEAU/FRAC ÎLE DE FRANCE
*THE CENTRE OF ATTENTION PAID LE PLATEAU TO BE INCLUDED IN THE
EXHIBITION L'ARGENT (MONEY) CURATED BY ELISABETH LEBOVICI AND
CAROLINE BOURGEOIS. THIS PAYMENT CONSTITUTES THE WORK.
WWW.THECENTREOFATTENTION.ORG

BORN TO RUN
Auctions, the experience economy
and the art institution

Lars Bang Larsen

Years of boom

When the shock wave of the credit crunch hit the art markets
in the autumn of 2008, there were no structures or systems in
place that seemed to be able to prevent contemporary art from
becoming as dilated by wealth as the rest of society. Since the
1990s, art had been a success story, a growth sector, and an
object of investment for an increasing number of people. Art
fairs became fulcrums of art world attention, and at auctions the
lots of contemporary artists started competing with those of old
masters. But if the idea of contemporary art seemed to expand,
there were also sites where possibilities for art and its reception
were on the decline. Both the art institutions and the educational
system increasingly became subject to mercantile criteria from
the authorities holding the purse strings, to the benefit of new
demands for legitimity. For the museums, it was now necessary
to present high visitor numbers along with a continued presence
in the mass media; for educational institutions and the academic
world, the way ahead was through outreach programmes, the
imperative of accessibility, funding co-dependent on external
partners (companies and other institutions), and growing pressure to pay greater attention to the workplaces that 'purchase'
academics and artists.

   It is, of course, old news – dating back to the 1960s, more or
less – that the domain of art is no longer relatively external to
the logic of mass commodity circulation. It is also fairly obvious
that what characterised the latter part of the 1990s and the past

19/JUN/08

THE GOLDEN CALF BY DAMIEN HIRST HEADLINES GROUNDBREAKING AUCTION OF WORK BY ARTIST. SOTHEBY'S LONDON WILL PRESENT BEAUTIFUL INSIDE MY HEAD FOREVER, A MAJOR AUCTION OF NEW WORKS BY DAMIEN HIRST, ON 15 AND 16 SEPTEMBER 2008. DAMIEN HIRST SAID: 'AFTER THE SUCCESS OF THE PHARMACY AUCTION, I ALWAYS FELT I WOULD LIKE TO DO ANOTHER AUCTION. IT'S A VERY DEMOCRATIC WAY TO SELL ART AND IT FEELS LIKE A NATURAL EVOLUTION FOR CONTEMPORARY ART. ALTHOUGH THERE IS RISK INVOLVED, I EMBRACE THE CHALLENGE OF SELLING MY WORK IN THIS WAY. I NEVER WANT TO STOP WORKING WITH MY GALLERIES. THIS IS DIFFERENT. THE WORLD'S CHANGING, ULTIMATELY I NEED TO SEE WHERE THIS ROAD LEADS.'
HTTP://ANTIQUES-COLLECTIBLES-AUCTION-NEWS.COM/

decade was an incipient withdrawal of public subvention (and/ or a higher degree of political control along with it), and the fact that markets and mass media became more prevalent parameters for contemporary art. Also, traditional forms of institutional logic waned as institutions reorganised their educational and disciplinary briefs of installing a cultivated disposition in audiences. Institutions are by definition a kind of media, at least inasmuch as they disseminate cultural effects. However, the exclusive condition of possibility for the mass medium is the mass audience; if the mass medium cannot function quantitatively, it cannot function in other ways. This always contains the risk of cultural entropy.

A new way of relating to art emerged that says something about the private character of the recent success of contemporary art, namely the *experience economy*. This is a concept that has been around for a while and is in some ways already outdated.[1] But since its original definition lacked any substantiation beyond its purely mercantile and commercial dimension, it is also a strangely ghostly term that still reverberates – as the phantom-like incarnations of capital tend to do – in policymaking and education. The fact that the term is now a cliché seems to make it even more difficult to deracinate etymologically. It does, however, have an origin. It was coined ten years ago, in 1999, by two management thinkers, James H. Gilmore and B. Joseph Pine II, in their book *The Experience Economy: Work is Theatre & Every Business a Stage*. Gilmore and Pine understand an experience economy to be a societal economy in which experiences are a new object for profit by staging what is memorable. The object for the experience is often an intellectual or an artistic product, and is generated by what we might call 'authenticity effects'. In the case of the art work it is the fact that, per convention, it makes for a special, 'priceless' experience that ensures the experience an economic passage.

In our own words, the experience economy revolves around self-consumption, in which the cultural consumer increases her self-identity by consuming her own sensory and cognitive

[1] In fact, Gilmore and Pine themselves subverted their own concept of the experience economy with their next title, *Authenticity: What Consumers Really Want* (Harvard 2007) in which they confront 'the paradox of today's Experience Economy: the more contrived the world seems, the more we all demand what's real.' (Quoted from the cover.)

experiences – or, more perversely still, even her own alienation. The person becomes product, as Gilmore and Pine unapologetically put it. Whether one calls this the experience economy, the creative class or something else entirely, it describes a commodification of people's time and subjectivity that is a decisive new step in the most recent cycle of capitalist recuperation. As with the rise of the culture industry in the post-World War II era, it describes a change in the DNA of art, but this time with more wide-ranging consequences inasmuch as it is a process of commodification that is no longer isolated to the field of high culture, but also intervenes in processes as diverse as subjectification and city making.[2]

Typically, self-consumption defines the way individual consumers relate to experience commodities. But it also affects communication within public spheres. An example of self-consumption in the public sphere is how the art scene has developed into the art world. In the 1990s, art events in smaller countries like my native Denmark would take place on the 'scene'. It would be the preserve of bigger and denser, international nodal points – Cologne, New York – to contain an 'art world'.

The scene is held together by the social dynamics and internal evaluations of a professional peer group, and it is defined by not making its evaluations and values available to just anyone. Its privilege is that it is relatively secretive towards the general public, while the power of the art world is that it mediates the scene's secrets, names and faces.

But now the art scene seems to have become an art world unto itself, thanks to new forms of polite discourse such as top ten lists, lifestyle coverage and personality cults that offer possibilities for the consumption not only of art, but also of the (national) art scene and its agents. The notion of the art world describes a hierarchical system that possesses an indefinable surplus of value and influence: it is a social imaginary concerning *the world that represents art*. In this way, the notion of the art world has a certain conspiratorial nature (who represents what and for whom) that tends to reinforce the inequality of intelligences.

[2] For a revision of Adorno and Horkheimer's critique of the culture industry, see, for example, Scott Lash and Celia Lury's *Global Culture Industry* (London 2007).

Like every dream world, it supposedly has a centre to which power gravitates, leaving others on the margins. Put into plain terms, as a member of the scene you are initiated; as a member of the art world you are circulated. Being a publicly represented agent thus becomes an increasingly autonomous function, or precondition, for working in the art field.

Take the Money and Run
'Organizing an auction seems to be going against de Appel's long tradition of working non-commercially' states the press release of 'Take the Money and Run', a special project organised in May 2009 by de Appel's curators. De Appel is about to relocate to a building in need of renovation. In order to generate funds for financing the move, artists were asked to donate existing works to a benefit auction and, on top of that, selected artists were invited to submit new works to be sold off were to be presented at, or as, an exhibition. The funds generated from the benefit will, in the end, receive matching funds from the government, which has thereby obliged de Appel to make the first move and act as a fund-raiser. The benefit took place at Christie's in Amsterdam for a double-bill auction, which also featured works put on sale by the Witte de With art centre in Rotterdam.

As the title suggests, de Appel's thematic approach to the benefit auction was a self-conscious gesture vis-à-vis the increasing pressure on institutions to act within a privatised economy. The exhibition took the long perspective on de Appel's history by being a one-off resurrection of the street-level gallery in Brouwersgracht where the institution was established in 1975. Moreover, not just any works were solicited for 'Take the Money and Run', but only text-based works in an arch-conceptualist A4 format. Hence, the objectal relationship into which art works are invariably inveigled when subjected to the auction economy was minimised to the greatest possible degree.

The project straddled the modest (generic, near-worthless) artistic site of the A4 and the exclusive site of the auction house, and opened up the immaterial world of ideas to the real political

realm of cultural policies and the real estate market. It was also a situation where critical staples of recent contemporary art came full circle by being reflected in new societal contexts and in the history of de Appel: in short, a situation where conceptualism came home to roost.

The A4 calls for artistic responses in keeping with the formal and methodological potentials of conceptualism, from the materialist analysis, the self-referential conundrum, the performance score, the language game. And not in the last place, the play with the certificate's particular function is as a holder *and* a displacer of authenticity; the certificate is there to supplement the work's (juridical, institutional) deficit of authenticity. To work in the A4 format is hence to work on the organic line between authenticity, ideology and critique. In the case of 'Take the Money and Run' it was a reference to conceptualism's aesthetics of administration as much as a gesture in the direction of new kinds of public contracts between artist, institution and audience.[3]

As a way of not making objects, or of producing no-thing, the A4 work became one of the fleeting and common forms – along with maps, diagrams, unprofessional photography and lexical language – with which Conceptual Art rejected the work as an object for perceptual enjoyment. Traditional studio products tied to medium and material were invalidated and the work was instead constituted by proto-experiential quantities such as language, structure and sign. This inspired Lucy Lippard to call conceptualism a dematerialised art: a moniker that stuck, but in fact only has limited significance in relation to (or in a dialectic with) the art object that is thereby cancelled out. Ironically enough, it is only from the point of view of a conventional idea of the art-work-as-object, then, that a conceptual work is something 'less'. In other words, Lippard's definition tends to disregard the conceptual work's material analysis of institutional, symbolic and economic relationships of production. As was the case with 'Take the Money and Run', conceptualism remains a material art of (dis)empowerment and (re)possession, not a Platonic drama of pure ideas.[4]

[3] It is usually a vain art historical exercise to attempt identification of origins and prime movers, but we may ask if there is an artist who can be credited with coining the conceptualist format of the A4. It probably wasn't even a conceptualist who started it; more likely it was an atypical piece from a usually more existential temperament, namely Edward Kienholz. In 1963 he typed up a description of a tableau called *The Art Show* that he intended to 'place' in 1966, and was a spoof on a gallery opening of works by an invented artist called Christian Carry. Kienholz didn't actually realise the work until 1977, and one can surmise that Kienholz didn't consider the 1963 A4 score for the tableau as a work in itself. It is significant, though, that the score mentions the price of the piece and 'artist's wages', in a self-reflexive gesture vis-à-vis the art market.

[4] This is, of course, a definition that is at odds with Joseph Kosuth's logocentric idea of the conceptual art work, in which the support or material is of no more importance than 'the truck that drives the work from the studio to the gallery', as – in a surprisingly conventional manner – he metaphorised artistic labour as studio work.

Making conceptualism operative

In today's experience economies, where the reproduction of information and affect has priority over physical production, conceptualism's cancellation of the unique Art Work is not something that automatically short-circuits the art market.[5] Instead, this can even be seen as a service function. This is the subject of art market expert Judith Benhamou-Huet's book *The Worth of Art: Pricing the Priceless* (2001). Benhamou-Huet writes that from the point of view of the market, single works are good, but multiples are better.[6] As we know, works are now commonly produced in small editions. As a result, people don't shovel out large amounts of money for acquiring an artwork that nobody else has, but in order to keep up with their neighbours in a social competition. Collectors, Benhamou-Huet claims, no longer want unique works.

> *Art lovers (…) no longer want what nobody else has, but what the person they envy, or the institution they admire, already possesses.*[7]

In this way the art market deconstructs the original in order to enable a bigger turnover of objects. Benhamou-Huet takes note of the paradox that the more reproducible art works get, the higher their prices. She therefore asks:

> *So what is an art work at all (sic)? In the eyes of the market, and especially to the auction houses, the definition is quite prosaic: everything that brings in money deserves to be treated as a work of art.*[8]

From such a point of view, it is art simply if it sells. Economic value nixes symbolic and cultural value. If the motivation to collect is to get what one's neighbour already owns, and if everything that sells can be called art, it is no surprise if there is a lively demand for it. Benhamou-Huet gives the example of how, in the autumn of 1998, Christie's in London devoted nearly an entire auction not to art, but to the sale of 600 unique corkscrews, the life's work of a collector. Christie's corkscrew expert commented:

[5] See also my essay 'Organisationsformer', Århus 2008.

[6] Judith Benhamou-Huet: *The Worth of Art: Pricing the Priceless* (New York 2001), p. 111.

[7] Op. cit., p. 112.

[8] Op. cit., p. 115.

[9] Op. cit., p. 117.

[10] Op. cit., p. 115.

[11] Op. cit., p. 121.

We saw very strong prices today, and matched our earlier world record price of GBP 18,400 that we achieved in May 1997 (…) There was a lot of international attention with many collectors who travelled to the sale from America and Europe.[9]

When art is considered as an ideal and transferable value, for example in order to enhance the economic value of corkscrews, it no doubt erodes the art concept. 'Rather than dematerialization we can here talk about the deliquescence of the art work.'[10] In other words, there has to be a limit to the commercial expansion of the art concept – not necessarily because it is harmful to art, Benhamou-Huet concludes surprisingly, but because art thereby risks undermining the significance of *money*:

> *Going further down this road, if insignificant art is sold for enormous sums of money, that suggests that money itself is pretty meaningless. And so the auction system practised by Sotheby's and Christie's, which is itself a thoroughbred scion of capitalism, has pulled off the feat of making money absurd.*[11]

True enough, it is an absurd feature of capital that it can speculate in everything – even relatively empty signs such as corkscrews. However, in this context it is hardly a victory for art to have established this as a fact.

It is clear, then, how aspects of conceptual art have become operational and commercially active. Its critique of the Original as a commodity has in a certain sense been employed to produce more things and to free economic value from the Art Object's volume and weight. Value is no longer bound to matter, but travels with ideas, information and intuitions that can be transferred and spread faster and more efficiently than objects.

Building community ties or a new field of control?
The auction is usually seen as a market behind, or above, the art market. It cuts out the usual middlemen – the commercial galleries – and places an artist's work outside of their control. While the auction benefits from the way art institutions and commercial

galleries have made a name for artists, the auction houses have no commitment to the artist they sell. This is unlike the conscientious gallerist who works on a long-term basis with an artist to secure their work a place in good collections and relevant exhibitions, without necessarily fragmenting their oeuvre the way auctions invariably tend to do. Moreover, the auction is also the site of the scenario feared by any gallerist: that a collector dumps a large collection of one of the artists that the gallery represents – when the market is thus suddenly flooded with an artistic signature, deflated prices follow.

A couple of years ago Damien Hirst upstaged the contemporary art market by bypassing gallery control to auction off his works, thereby adding a further layer of entrepreneurial clout to his subversive artist's persona. Nonetheless, Hirst's New York gallerist Larry Gagosian stated loyally, 'As Damien's long-term gallery, we've come to expect the unexpected. He can certainly count on us to be in the room with paddle in hand.' Jay Jopling, representing the London branch of Hirst's enterprises, believed that the Hirst auction 'certainly helped to broaden [Hirst's] market', while the artist himself intoned that the auction is 'a very democratic way to sell art and it feels like a natural evolution for contemporary art.'[12] If the example of the corkscrew auction represents an eclipse of cultural capital, Hirst's combination of the concepts of 'evolution' and 'democracy' lends a hitherto unexplored dimension of social Darwinism to cultural capital. I am not saying this to demonise the auction as such. But it is crucial to understand that the auction makes for a superstructure that exists on top of institutional and commercial markets: the auction is literally a super-market, another level of value abstraction, another level of sublation of the work of artist and gallerist. With the benefit auction, the concept of value gets even more complicated, as we are no longer dealing with economic value alone but also with an ethics of charity and buying.

But first things first. When a work is knocked down successfully at an auction, artist and gallerist stand to benefit indirectly. Even if there is no direct economic gain for galleries in auctions,

12 www.antiques-collectibles-auction-news.com 27 June 2008

the prices of their artists can theoretically jump higher and more freely here; if they do so, it is something which no doubt will have a subsequent effect on the gallery prices of the artist in question. If we look at the sheer velocity with which a sale occurs and money changes hands at an auction, it is in this respect a less regulated site. Economic values that are otherwise fixed, or at least regulated, may fluctuate here to a greater degree, to the benefit of more people than only those who are able to get a good deal. But to purport that the auction should be 'democratic' is to blatantly pursue the truism that capitalism incorporates an exigency of liberation.[13]

With 'Take the Money and Run' we have seen how an art institution tries to enter into a reflexive relationship with the benefit auction and its direct appeal to collectors. Where such a self-reflexivity is absent, the auction's private logic risks encroaching on the institutional world. In 2007, the Louisiana Museum in Denmark presented a group show of works from the Estella collection of Chinese art, a convenient solution for presenting a select palette of works from the much-discussed contemporary Chinese scene – but also too convenient. Shortly after the exhibition ended, the owner of the collection auctioned it off, now with prestige and value added from having been showcased at the Louisiana. For art institutions, the price for believing that private collecting can replace curating is public integrity.

To the northern European welfare state mindset, the benefit auction will invariably have an air of forced sale to it, inasmuch as it takes place outside of the protected zone of public subvention. However, elsewhere it is viewed as a more proactive tool. In the US, with its powerful collectors, more activist mindset and pragmatic attitudes towards entrepreneurship, the auction is a more obvious tool for redirecting and horizontalising cash flows. Seth Siegelaub – renowned gallerist and editor for the first generation of New York conceptualists – points out that in the US in the late 1960s, fund-raisers for the anti-war movement were held every other week to which artists were morally obliged to submit work.[14] In private galleries, people's houses or at the premises

[13] See, for example, Luc Boltanski and Éve Chiapello's critique of capitalism as a factor of liberation in *The New Spirit of Capitalism* (Paris 1999).

[14] In conversation with Siegelaub, Amsterdam, May 2009.

of the grassroots organisation Art Workers Coalition, collectors could acquire inexpensive works, while proceeds went to charities such as the US Servicemen's Fund (spearheaded by such Hollywood celebrities as Jane Fonda and Donald Sutherland), an association fighting for the right of soldiers to protest against the war. In this way 'Take The Money and Run' resonates in the fact that the charity auction is as activist as is it capitalist. It is one of those instances when money will not only buy you something, but when you also can visibly do something with money.

However, generating funds in this way is generally the preserve of institutions and 'causes'. Even if one declares one's solidarity with a cause by attending an auction, and supports the cause by buying, the auction is generally not a grassroots weapon (and clearly not when mediated by a high-profile agent such as Christie's). Rather, the auction typically demands a formal basis or high-profile exposure to function. For an art institution, a benefit auction typically needs to add a layer of self-representation vis-à-vis its professional demographics for it to generate 'real money'. In the era of the experience economy, in order to work it will presumably need to be an 'art world event' with works donated by significant artists and attended by an economically and socially powerful audience – and this event will need to be represented as such to the artists and the audience themselves.

How, one may ask, does this affect the relationship between institution and artist? When the benefit auction becomes an economic factor for institutions, individual agents who work with art enter a consensus-based gift economy where new ties of interdependency – if not new modes of social control – are created. Within this gift economy it is the tacit understanding that if the institution gives exposure to the artist, the artist may at a later point help the institution economically by donating works to a benefit auction. On the one hand one can argue that the fact that the institution may rely on the help of the artist for its economic survival empowers the artist vis-à-vis institutions. But this remains an interdependency without security. The powerful institution can also use its gravity as leverage to solicit

27/SEP/08
FORTIS CONSIDERS LETTING GO OF ABN AMRO. FORTIS WILL BE WORKING
HARD THIS WEEKEND TO DEVISE AN EMERGENCY PLAN TO COME UP WITH A
SOLUTION FOR THE CRISIS. INTERNAL SOURCES STATE THAT THE BANK IS
CONSIDERING GETTING RID OF ABN AMRO NEDERLAND.
WWW.ELSEVIER.NL

donations from artists without paying anything back to the artist,
apart from the prestige in circulating the artist's signature in the
context of its benefit auction. This may sound speculative, if not
a little paranoid; the simple point I want to make is that in such
an economy, institutional legitimacy becomes displaced from its
usual form, the exhibition, towards the more diffuse transfers of
value of the 'art world'.

For better or worse, it all comes down to personal relationships between individual agents, to their expectations and political will, and to the intelligence of situations (the insights that
a given situation can help articulate). While the benefit auction
may encourage an activist mindset in people and strengthen ties
in an artistic or local community, it may also make people enter
into strategic partnerships where they are always *preparing to buy
or sell*, not only works they produce but also on the level of their
public persona as buyers or sellers. Of course, institutions are
rarely as rational and transparent as we would ideally like them
to be. But when institutions in certain key relationships begin to
rely on quasi-private transactions such as these, they have already
given up degrees of public transparency. This is a public sphere
that begins to be sporadically eclipsed by a private logic: using a
Germanism, we could call it a *Schattenöffentlichkeit* – a shadow
sphere.

At the beginning of this essay I wrote that cultural institutions in the experience economy were reorganising themselves
in order to extend their quantitative reach, and hence tend to
become mass media. The auction – which is not only exclusive
in the sense that it is for a moneyed elite but also because it is by
definition *not* an event for a mass audience – would seem to be
a site that is relatively unaffected by this state of affairs. Or is it?
Again, it depends on the mentality of the buyers and, to put it
bluntly, how they are capable of thinking and desiring for themselves. But to wonder how many chances they are being given to
do so during the auction, where art works are typically being re-
contextualised without any necessary connection between them,
is a moot question. (In the case of a lot such as 'Take the Money

and Run', individual works are isolated from the artist's oeuvre but – and this is something that is unusual in auctions – not from curatorial motives). A sale will typically rely on the buyer's ability to identify the artist's signature. One can expect such identification to be mediated through knowledge people already have about the artist, as well as through the usual, external codifiers: institutions, commercial spheres and mass media.

15 Boltanski and Chiapello, p. 445.

Can the auctioneer be stripped?

Meanwhile, at Christie's on 20 May 2009, the auctioneer eroticised art works with measured movements and a drone of increasing numbers that made their value rise and rise. Here, the prices of art works – and, by implication, artistic signatures – are unwaveringly fixed. In film theory, an auction scene – such as the one in Hitchcock's *North by Northwest*, for instance – is an example of a 'set piece', in which the drama is condensed into a specific, closed location within a limited time frame. Some auctioneers say that to keep the buyers at the edge of their seats throughout the whole process, an auction should last for no longer than 45 minutes. The set piece offers a climax from which the narrative takes a new turn, and it often puts the hero in danger. This is also the case with the auction, where the artistic signature is in danger of underachieving: 'I can't believe that artist so-and-so doesn't cost more!' is not an unusual comment. Conversely, enthusiasm on the part of the buyers is immediately reflected in the valorisation of the work. Even if a good sale is only dependent on something so fleeting as a mood between two or more people in the room who feel like bidding for a work, the auction sale is an official verdict of market value.

This makes the auction an exemplary scenario that corresponds with Luc Boltanski and Ève Chiapello's diagnosis of the way the new desire- and authenticity-driven capitalism introduces 'rapid cycles of infatuation and disappointment' into people's relationship to goods and people.[15] The sort of authenticity expected from an artwork is particularly relevant for our discussion:

[16] Op. cit., pp. 445-6.

The attraction of a product appreciated for its authenticity does not in fact stem exclusively from its ability to perform the specific functions it is intended for fully and more cheaply. It depends to a large extent on the open (and hence necessarily uncoded) character of its determinations, whose list is hypothetically unlimited – a property which (...) in the case of the art work, makes it comparable to the person. In the case of the authentic product, pleasure depends not only on the use that is made of it, but also on the disclosure of hidden meanings and qualities in the course of a unique relationship.[16]

Accordingly, a common denominator between many works from the 'Take the Money and Run' exhibition was a performative bent that personalised or subjectivated them. This of course applies to Christian Jankowski's playful performance *Strip the Auctioneer*, which integrated the auction as a situation in which, as the last items, the auctioneer sold his 'personal' belongings, from his jacket on down to his shoes and finally his hammer, for thousands of Euros. But also in Jens Haaning's readymade of his passport, Marlene Dumas swearing to 'give you pleasure forever' and Meschac Gaba's eight-year-old twin sons who produced drawings for the auction, conceptualism's dry and legalistic aesthetics of administration gave way to gesture and subject. The post-conceptualist work is flipped around to produce a relation-ship of *extimacy* between author and beholder, to use Jacques Lacan's term for the turning inside out, the making public, of intimate knowledge and inter-subjective relationships.

In 'Take The Money and Run', de Appel's institutional *Selbstdarstellung* is also reflected in the exhibition title that is borrowed from Fitzgibbon and Winters' eponymous 1975 show – two artists who participated in the 2009 version as well. The original 'Take the Money and Run' was an ironic happening. At the opening, the artists asked for the visitors' valuable personal belongings with which they subsequently disappeared. The dumbfounded guests were seemingly left as unsuspecting victims of an artistic provocation – until Fitzgibbon and Winters reap-

peared to give the items back to their rightful owners, who were presumably relieved that their wallets and wristwatches hadn't been turned into *objets d'art* forever. In its 2009 version, the exhibition title has its own bitter teleology: if you want to continue existing as an institution – if you want to stay in business – you will have to bite the bullet and run from your discomfort of becoming a market agent.

Lawrence Weiner is another artist who has been along from the beginning of both Conceptual Art and of de Appel. In his work *Untitled (*'Take the Money and Run') (2009), conceived for the benefit auction and exhibition, he addresses the tenets of conceptualism as well as the current predicament of de Appel:

FROM PETER TO PAUL

At the moment a work is
conceivable it is in fact
an object

its value is the interaction with the society it finds itself in

TAKING

Economic value per se
relates essentially to
catch as
catch can

TO GIVE

If and when art is not a commodity
how is the piper to be paid
(in fact how is the piper to continue to play)

The question remains:
What the object is
not
what the object costs.

6/OCT/08

REMAINS OF FORTIS IN FRENCH HANDS. THE FRENCH BANK BNP PARIBAS
WILL TAKE OVER THE BELGIAN AND FRENCH BRANCHES OF FORTIS. FORTIS
WILL BE IN FRENCH HANDS FOR 75 PER CENT, WHILE THE BELGIAN
GOVERNMENT WILL KEEP HOLD OF 25 PER CENT.
WWW.ELSEVIER.NL

Here conceptualism's political economy is seemingly corrected.
A more didactic piece than the ambiguous language events of
the early Weiner that eschewed Thing-ness and objecthood, the
artist here seems to be saying, 'People get real, it's a capitalist
world!', while sacking the pretensions to a utopian economy
that Conceptual Art may have inspired. Weiner's is a piece that
updates conceptualism to communication-based capitalism – a
paradigm and a reality that, around the time when Conceptual
Art began turning ideas into art, began turning ideas into commodities. Hence the necessity to check the status of the 'immaterial' object. To Weiner the question remains 'What the object
is / not / what the object costs.' But within the framework of a
capital that turns *being itself into a commodity*; an 'onto-capital',
the question would (more than ever) be: how can what one *is* be
isolated from what one *has*?

As I write this in the autumn of 2009, the media are reporting
that the big economies in the EU are officially out of recession.
Even if such reports are premature, we can only buckle up and
see what kind of ride the next economic boom will be like for
art – and for the rest of society, now that an artistic logic of
authenticity seems to be economically bound up with processes
of consumption and subjectivation at large.

About the author:

An independent curator and writer based in Barcelona, Lars Bang Larsen is known for
his seminal writing on the new generation of artists that emerged from Scandinavia in
the 1990s, and subsequently for his exhibitions and books, which offer a fresh approach
to considering artists' engagement with social and artistic critique from the 1960s
onwards. Born in Denmark, Bang Larsen has spent the last ten years primarily looking
at artists' practice across Europe, the US and the Middle East. Recent exhibitions that
he has co-curated include "Fundamentalisms of the New Order" for the Charlottenborg
in Copenhagen; "Populism", presented at the Frankfurter Kunstverein, CAC Vilnius
and the Stedelijk in Amsterdam; and "The Echo Show" for Tramway in Glasgow. He is
currently working on a show for Raven Row in London, entitled "A History of Irritated
Material". Bang Larsen is a regular contributor to *Frieze*, *Afterall*, and *Artforum*. In 1998
he was the co-curator for the inaugural Nordic Biennial, and in 2004 he was the curator of
the Danish participation for the São Paulo Biennial.

8/OCT/08

ART SPONSOR VSB FUND IS 1 BILLION EUROS POORER. THE VSB FUND'S FORTUNE, ONE OF THE BIGGEST
SPONSORS OF ART AND CULTURE IN THE NETHERLANDS, HAS BEEN CUT BY 1 BILLION EUROS COMPARED
TO LAST YEAR, FOLLOWING THE NATIONALISATION OF FORTIS. OVER HALF OF THE VSB FUND'S FORTUNE
EXISTED OF FORTIS SHARES LAST YEAR, WHICH HAVE VIRTUALLY LOST THEIR ENTIRE VALUE.
WWW.VOLKSKRANT.NL

BORN TO RUN
'Geboren om te vluchten'

Veilingen, de ervaringseconomie
en het kunstinstituut

Lars Bang Larsen

Toen de schokgolf van de kredietcrisis de kunstmarkt bereikte
in de herfst van 2008, was er geen structuur of systeem beschikbaar dat kon voorkomen dat de hedendaagse kunst net zo
'opgeblazen' zou worden door rijkdom als de rest van de maatschappij. Vanaf de jaren negentig was kunst een succesverhaal
geweest, een groeiende sector. Steeds meer mensen zagen het
als een goede investering. Kunstbeurzen werden het middelpunt
van de aandacht van de kunstwereld, en op veilingen begonnen
de stukken van hedendaagse kunstenaars de competitie aan te
gaan met die van de Oude Meesters. Terwijl de belangstelling
voor hedendaagse kunst in dit opzicht alleen maar toe leek te
nemen, werd de ruimte voor de kunst en haar receptie op andere
terreinen steeds beperkter. Om te voldoen aan de toenemende
eis voor de legitimering van publieke uitgaven, werden zowel
kunstinstellingen als het onderwijs door de autoriteiten steeds
meer onderworpen aan commerciële doelstellingen. Musea moesten
voortaan hoge bezoekersscijfers kunnen presenteren en bij voorkeur ook goed zichtbaar zijn in de media; voor het onderwijs
en de academische wereld bestond 'de weg vooruit' uit *outreach*
programma's, verplichte toegankelijkheid, het binnenhalen van
'derde geldstromen' door middel van externe partnerschappen, en
een toenemende druk om meer aandacht te besteden aan de bedrijven en instellingen die academici en kunstenaars 'inkopen'.
   Dat de kunstwereld niet helemaal buiten het primaat van de
massamedia staat, is al sinds de jaren zestig bekend, en in dat
opzicht is het oud nieuws. Zoals het ook al lang duidelijk is
dat het einde van de jaren negentig en het laatste decennium
worden gekarakteriseerd door het begin van het terugtrekken van
publieke subsidies (en/of daarmee gepaard gaand een verhoogde,
politieke controle) en het feit dat de markt en de media de
belangrijkste leidraad voor de kunst zijn geworden. Traditionele
vormen van institutionele logica verdwenen naar de achtergrond
toen instellingen hun educatieve en vakmatige doelstellingen
gingen aanpassen aan hun positie ten opzichte van het publiek.
Instituten zijn per definitie zelf ook een soort media in die
zin dat ze 'culturele effecten' verspreiden. Echter de massamedia hebben de exclusieve mogelijkheid om het grote publiek te
bereiken, ze kunnen enkel op een 'kwantitatieve' manier functioneren. Dit brengt altijd het risico van culturele entropie met
zich mee.

Eind jaren negentig is er een nieuwe manier opgekomen om
met kunst om te gaan die ons iets vertelt over het particu-
liere karakter van het recente succes van hedendaagse kunst,
namelijk de notie 'experience economy'. Dit begrip bestaat al
enige tijd en is in sommige opzichten ook al weer verouderd.[1]
Maar buiten de puur commerciële betekenis die eraan gegeven
wordt, ontbreekt het al vanaf het begin aan een goede onder-
bouwing van dit begrip. Het is een vreemde, spookachtige term
die nog steeds nagalmt in beleidskringen en in het onderwijs,
net als de geestesverschijningen van het kapitaal. Het feit dat
de term nu een cliché is geworden, maakt het nog moeilijker
om het begrip etymologisch te ontleden. De term heeft echter
wel een oorsprong. Het werd tien jaar geleden gelanceerd door
twee managementdeskundigen, James H. Gilmore en B. Joseph
Pine II, in hun boek *The Experience Economy: Work is Theatre &
Every Business a Stage* (1999). Gilmore en Pine beschrijven de
zogenaamde ervaringseconomie als een maatschappelijke economie
waarin het ensceneren van bijzondere ervaringen wordt gezien
als een winstobject. Deze ervaring is vaak een intellectueel
en artistiek product, en krijgt vorm door wat we 'de effecten
van authenticiteit' zouden kunnen noemen. Het kunstwerk staat
symbool voor een speciale, unieke ervaring die de economische
opwaardering ervan garandeert.

Met andere woorden, in de ervaringseconomie draait het om de
consumptie van zichzelf, de culturele consument versterkt zijn
identiteit door zijn eigen zintuiglijke en cognitieve ervaringen
te consumeren – en perverser nog, zijn eigen vervreemding. De
persoon wordt het product, zo stellen Gilmore en Pine onbe-
schaamd. Of men dit nu de 'ervaringseconomie', de 'creatieve
klasse' of iets heel anders noemt, het is een ontwikkeling die
de 'commodificatie' (die hierbij verkoopbare producten worden)
van tijd en subjectiviteit beschrijft, wat een beslissende
nieuwe stap is in de recente cyclus van de kapitalistische
recuperatie. Net als met de opkomst van de culturele industrie
in het naoorlogse tijdperk, gaat het hier over een verandering
van het DNA van kunst. De gevolgen zijn dit keer echter veel
groter omdat het een proces van commercialisering betreft, dat
zich nu niet langer beperkt tot 'de hoge cultuur', maar ook
ingrijpt in allerlei verschillende processen, variërend van
subjectivering tot stadsplanning.[2] De zelfconsumptie bepaalt
de manier waarop individuele consumenten zich verhouden tot de
'ervaringsproducten'. Maar het beïnvloedt ook de communicatie
in de openbare ruimte. Een voorbeeld van 'zelfconsumptie' in
het publieke domein is hoe de 'kunstscene' heeft ontwikkeld tot
'de kunstwereld'. In de jaren negentig vonden kunstevenementen
in kleinere landen, zoals mijn geboorteland Denemarken, plaats
binnen een bepaalde 'scene'. Het was slechts voorbehouden aan de
grote internationale steden die als knooppunt fungeerden, zoals
Keulen en New York, om een 'kunstwereld' te hebben.

[1] Gilmore en Pine
ondergraven hun eigen
concept van de *expe-
rience economy* met hun
volgende boek *Authen-
ticity: What Consumers
Really Want* (Harvard
2007), waarin ze stel-
len: 'De paradox van de
huidige ervaringseco-
nomie is dat hoe meer
gecontrueeerd de wereld
eruit ziet, hoe meer we
allemaal gaan eisen dat
de dingen echt zijn.'
(citaat van de cover)

[2] Voor een revisie op
Adorno en Horkheimers
kritiek op de culturele
industrie, zie bijvoor-
beeld, Scott Lash en
Celia Lury's *Global
Culture Industry*
(London 2007).

Kenmerkend voor een scene is dat zij bij elkaar wordt gehouden door de sociale dynamiek en de interne evaluaties van een
professionele peergroup, waarbij het juist niet de bedoeling is
dat haar evaluaties en normen zomaar aan iedereen ter beschik-
king worden gesteld. De geheimzinnige beslotenheid ten opzichte
van het grote publiek is haar privilege. De macht van de kunstwereld bestaat er echter juist uit om de geheimen, namen en
gezichten van de scene wel naar buiten toe te communiceren.

Dankzij een nieuw populair discours bestaande uit top tien-
lijsten, lifestyle-reportages en de cultus rondom de artistieke
persoonlijkheid lijkt de kunstscene te zijn uitgegroeid tot een
kunstwereld op zichzelf, en wordt niet alleen de mogelijkheid
verschaft voor het consumeren van kunst, maar ook voor het
consumeren van de (nationale) kunstscene en haar vertegen-
woordigers. 'De kunstwereld' is een begrip geworden dat een
hiërarchisch systeem beschrijft met een ondefinieerbaar surplus
van meerwaarde en invloed: het is een sociaal-maatschappelijk
wensbeeld van een *wereld die kunst representeert*. Deze onderliggende filosofie van de kunstwereld wordt gekenmerkt door een
zekere samenzweerderige inslag (wie representeert wat en voor
wie) die de ongelijkheid van kennis versterkt. Net als elke
droomwereld heeft het een centrum dat de macht aantrekt, waardoor anderen gemarginaliseerd worden. Of om het simpel te
zeggen: als een deelnemer aan de scene word je een ingewijde,
als een deelnemer aan de kunstwereld word je gecirculeerd. De
positie van publieke vertegenwoordiger wordt in de kunst dus
een steeds autonomere functie, of voorwaarde, om in de kunst te
werken.

Take the Money and Run

'Het organiseren van een veiling lijkt tegenstrijdig te zijn
aan de lange traditie van de Appel als non-profit instelling',
aldus het persbericht van *Take the Money and Run*, een bijzonder
project dat in mei 2009 werd georganiseerd door medewerkers van
de Appel. De Appel staat op het punt om te verhuizen naar een
nieuwe locatie die nog gerenoveerd moet worden. Om deze verhuizing te kunnen financieren werd aan kunstenaars gevraagd om
een bestaand werk te doneren aan een benefietveiling. Daarnaast
werd aan een selectie van kunstenaars gevraagd om speciaal voor
de tentoonstelling een nieuw werk te maken dat ook verkocht zou
worden. Het geld dat met de benefietveiling wordt opgehaald zal
waarschijnlijk door de overheid worden aangevuld met *matching
funds*. Hierdoor werd de Appel gestimmuleerd om zelf de eerste stap te zetten als fondsenwerver. De benefietveiling, die
plaatsvond bij Christie's in Amsterdam, had het karakter van
een *double bill*: ook Witte de With uit Rotterdam bood werken ter
verkoop aan.

Zoals de titel suggereert, koos de Appel voor een thematische benadering van deze benefietveiling en daarmee maakte ze
een zelfbewust gebaar ten opzichte van de toenemende druk op

instellingen om te functioneren in een geprivatiseerde economie. De tentoonstelling Take the Money and Run nam de lange
geschiedenis van de Appel als een van de uitgangspunten door
eenmalig het (oude) pakhuis aan de Brouwersgracht, waar het
instituut in 1975 voor het eerst haar deuren opende, te laten
herleven. Daarnaast werden niet zomaar alle kunstwerken toe-
gelaten tot *Take the Money and Run,* maar alleen op tekst gebaseerde werken in een archetypisch conceptueel A4-formaat. Op die
manier werd de objectstatus van de kunst, die zo belangrijk is
voor de markteconomie, zo klein mogelijk gemaakt.

Het project bracht het bescheiden (generiek, bijna zonder
waarde) artistieke domein van de A4 samen met de exclusiviteit
van een veilinghuis en het opende zo een immateriële wereld van
ideeën binnen de echte wereld van de culturele politiek en de
onroerend goedmarkt. Het was ook een situatie waarin de kritische onderwerpen in de recente hedendaagse kunst terug werden
gebracht tot de kern doordat ze gereflecteerd werden vanuit een
nieuwe sociale context en vanuit de geschiedenis van de Appel:
kortom, de conceptuele kunst werd geconfronteerd met haar eigen
nasleep.

Het A4-formaat nodigde de kunstenaars uit werk te maken dat
gebaseerd was op de formele en methodologische uitgangspunten
van de conceptuele kunst; de materialistische analyse, het
zelfreferentiële denkspel, de *performance score*, het spel met
de taal, en niet in de laatste plaats: het spel met de specifieke functie van het certificaat als het bewijs *en* het publieke
vertoon van authenticiteit. Het certificaat is immers bedoeld om
het tekort aan authenticiteit (in juridisch of institutioneel
opzicht) aan te vullen. Werken op een A4-formaat betekent daarom
werken aan de verbanden tussen authenticiteit, ideologie en
kritiek. In het geval van *Take the Money and Run* was het zowel
een verwijzing naar de esthetiek van het vastleggen van feiten
in de conceptuele kunst, als een verwijzing naar nieuwe soorten
publieke overeenkomsten tussen kunst, instelling en publiek.[3]

De A4 werd in de conceptuele kunst het vluchtige, en vaak
toegepaste medium dat symbool stond voor de afwijzing van het
plezier van het zintuiglijke object en het 'niet produceren'
– samen met kaarten, diagrammen, onprofessionele fotografie en
taal uit woordenboeken. Traditionele kunstenaarsmaterialen werden gediskwalificeerd, in plaats daarvan kwam het werk tot stand
door met taal, structuur en teken te gaan werken. Dit zette
Lucy Lippard ertoe aan de conceptuele kunst gedematerialiseerde
kunst te noemen, wat al snel een geuzennaam werd. Ironisch
genoeg is een conceptueel werk alleen vanuit het conventionele
idee van het-kunstwerk-als-object iets dat 'minder' is. Met
andere woorden, de definitie van Lippard ontkent het feit dat
een conceptueel kunstwerk eveneens een materiële analyse is
van de institutionele, symbolische en economische aspecten
van kunstproductie. Net zoals in *Take the Money and Run* is de
conceptuele kunst een materiële kunst van macht(eloosheid)

[3] Meestal lukt het niet om echt de oorsprong van iets in de geschiede-nis te vinden, maar het is misschien interes-sant te zoeken naar de kunstenaar die de credits verdient voor de uitvinding van de A4 als conceptueel uitgangs-punt. Misschien was het wel geen conceptuele kunstenaar die ermee begon, maar betrof het een atypisch werk van een kunstenaar met een doorgaans meer existen-tiëel karakter, namelijk Edward Kienholz. In 1963 typte hij op een A4 de beschrijving van een werk getiteld *The Art Show*, die hij van plan was om in 1966 te 'in-stalleren'. Het was het bewijs van een opening in een galerie met het werk van de verzonnen kunstenaar Christian Carry. Kienholz reali-seerde het werk pas in 1977, en de vraag blijft natuurlijk of Kienholz de A4 uit 1963 als een op zichzelf staand werk zag. Opvallend is dat de werkbeschrijving uit 1964 de prijs van het werk vermeldt en het honorarium voor de kunstenaar, wat zou kun-nen worden opgevat als een soort zelfreflexief gebaar naar de kunst-markt toe.

en bezit(sverlies), geen platonisch drama van pure, abstracte ideeën.[4]

Het conceptualisme operatief maken

In onze huidige ervaringseconomie, waarin de reproductie van informatie en affect de boventoon voeren, zorgt de manier waarop conceptuele kunst het bestaan van het unieke kunstwerk ontkent niet voor een verstoring van de kunstmarkt.[5] Integendeel: het kan in plaats daarvan juist gezien worden als een goede dienst. Dit is het thema van het boek *The Worth of Art: Pricing the Priceless* van de kunstmarktexpert Judith Benhamou-Huet. Zo schrijft Benhamou-Huet bijvoorbeeld dat vanuit het gezichtspunt van de markt multiples beter gewaardeerd worden dan unieke werken.[6] Kunstwerken worden tegenwoordig vaak in kleine oplagen geproduceerd. Als gevolg daarvan geven mensen geen grote bedragen meer uit aan het bezit van een uniek kunstwerk dat niemand anders heeft, maar omwille van het feit dat men in de sociale competitie niet onder wil doen voor zijn buren. Verzamelaars, zo beweert Benhamou-Huet, zijn dan ook niet langer geïnteresseerd in unieke kunstwerken.

> *Kunstliefhebbers (...) willen niet langer iets bezitten wat niemand anders heeft, maar ze willen datgene hebben wat de persoon of het instituut die ze benijden al in zijn bezit heeft.*[7]

De kunstmarkt deconstrueert het origineel om een grotere omzet van objecten mogelijk te maken. Benhamou-Huet omschrijft de paradoxale situatie die dit tot gevolg heeft: hoe beter reproduceerbaar kunstwerken worden, hoe meer er voor betaald wordt. Ze vraagt zich daarom het volgende af:

> *Dus wat is eigenlijk een kunstwerk (sic)? Vanuit het oogpunt van de markt en dan met name de veilinghuizen, is deze definitie nogal prozaïsch: alles waar geld aan kan worden verdiend, verdient het predikaat kunst.*[8]

Vanuit dit standpunt gezien heet iets eenvoudigweg kunst als het te verkopen valt. De economische waarde wordt belangrijker dan de symbolische en culturele waarde. Als de motivatie om te verzamelen is gebaseerd op het feit dat je wilt bezitten wat je buurman of -vrouw heeft, en als alles wat goed verkoopt kunst genoemd mag worden, dan is het geen verrassing meer te noemen dat er een grote vraag naar is. Benhamou-Huet geeft als voorbeeld een veiling bij Christie's in de herfst van 1998, die niet aan kunst gewijd was, maar aan het verkopen van zeshonderd unieke kurkentrekkers; het levenswerk van een verzamelaar. De 'kurkentrekker'-expert van Christie's zei er het volgende over:

> *De prijzen waren zeer hoog vandaag, het kwam in de buurt van een eerder wereldrecord in mei 1997, toen we een prijs*

[4] Dit is natuurlijk een definitie die niet strookt met Joseph Kosuth's logocentrische idee van het conceptuele kunstwerk, waarin de context of het materiaal niet belangrijker is dan 'de vrachtwagen die het werk van de studio naar de galerie vervoert', waarmee hij op een verrassend conventionele manier het werken in een atelier tot een metafoor maakt voor artistieke arbeid.

[5] Zie ook mijn essay 'Organisationsformer', Århus 2008.

[6] Judith Benhamou-Huet: *The Worth of Art: Pricing the Priceless.* Assouline: New York 2001, p. 111.

[7] Op. cit., p. 112.

[8] Op. cit., p. 115.

van 18,400 pond bereikten. (...) Er was veel internationale
belangstelling; verzamelaars reisden speciaal vanuit de V.S.
of Europa naar de veiling.[9]

[9] Op. cit., p. 117.1

[10] Op. cit., p. 115.

[11] Op. cit., p. 121.

Wanneer kunst wordt beschouwd als een ideale, overdraagbare
waarde - bijvoorbeeld om de economische waarde van kurkentrekkers te verhogen - dan leidt dit onvermijdelijk tot de uithol-
ling van het idee of concept 'kunst'.

Het gaat hier niet zozeer om de dematerialisatie van kunst
alswel om de geleidelijke destructie, om de uitwissing van
het kunstwerk.[10]

Met andere woorden, aan de commerciële expansie van het concept
'kunst' moet een limiet gesteld worden. Niet noodzakelijk omdat
dit anders schadelijk zou zijn voor de kunst, zo concludeert
Benhamou-Huet verrassend genoeg, maar omdat anders het risico
bestaat dat kunst de betekenis van *geld* ondermijnt.

Om deze redenering nog even verder door te trekken, als
onbeduidende kunst wordt verkocht voor enorme sommen geld,
dan suggereert dit dat geld zelf behoorlijk betekenisloos
is geworden. Het veilingsysteem van Sotheby's en Christie's,
op zichzelf een volbloedtelg van het kapitalisme, heeft het
gepresteerd om geld tot een absurditeit te verheffen.[11]

Het is inderdaad een absurd kenmerk van kapitaal dat het met
alles kan speculeren, zelfs met relatief betekenisloze objecten
als kurkentrekkers. Deze constatering is echter bepaald geen
overwinning te noemen voor kunst.

Wel wordt hiermee duidelijk hoe bepaalde aspecten van conceptuele kunst bruikbaar en commercieel waardevol zijn gemaakt.
Haar kritiek op het origineel als handelswaar is in zekere zin
gebruikt om meer objecten te produceren en om de economische
waarde los te koppelen van het volume en het gewicht van het
kunstobject. Waarde is niet langer gekoppeld aan materie, maar
reist mee met ideeën, informatie en intuïties die sneller en ef-
ficiënter verspreid en overgedragen kunnen worden dan objecten.

Bouwen aan de gemeenschap of
een nieuwe manier van controle uitoefenen?
De veiling wordt meestal gezien als een markt achter, of boven
de kunstmarkt. Zij vermijdt de gangbare tussenpersonen, de commerciële galeries, en plaatst een kunstwerk buiten hun invloed.
De veiling profiteert van de wijze waarop kunstinstellingen en
commerciële galeries de reputatie van een kunstenaar vergroten,
maar heeft zelf geen relatie met de kunstenaar wiens werk wordt
verkocht. Dit in tegenstelling tot de plichtsgetrouwe galerist
die een langdurige verbintenis met de kunstenaar aangaat,
verzekert dat het werk vertegenwoordigd is in goede collecties
en tentoonstellingen en voorkomt dat het oeuvre van de kunstenaar gefragmenteerd raakt, wat op veilingen wel gebeurt.

Sterker nog, de veiling vertegenwoordigt voor de galerist dé plek van het meest gevreesde scenario: een verzamelaar die een grote hoeveelheid werk 'dumpt' van een kunstenaar die de galerie vertegenwoordigt, met als gevolg dat het werk vanwege het overaanbod op de markt meteen in waarde daalt.

Een aantal jaren geleden wist Damien Hirst alle aandacht van de hedendaagse kunstmarkt op zichzelf te richten door zijn werk rechtstreeks op de veiling te verkopen en daarmee zijn galeries te passeren. Hij voegde hiermee nog een extra vleugje zakelijke invloed toe aan zijn toch al subversieve artistieke persoonlijkheid. Toch verkondigde Larry Gagosian, Hirsts galerist in New York, optimistisch: 'We vertegenwoordigen Damien al heel lang, en daarom verwachten we van hem inmiddels het onverwachte. Hij kan erop rekenen dat wij ook met een bordje in de hand aanwezig zullen zijn om te bieden.' Jay Jopling, die het Londense deel van Hirsts onderneming vertegenwoordigt, was van mening dat 'het zeker geholpen heeft om de markt (van Hirst) te verbreden', terwijl de kunstenaar zelf benadrukte dat de veiling 'een hele democratische manier is om kunst te verkopen en het voelt als een vanzelfsprekende evolutie voor hedendaagse kunst.'[12] Daar waar het voorbeeld van de kurkentrekker symbool staat voor het verval van cultureel kapitaal, is Hirsts combinatie van concepten als 'evolutie' en 'democratie' wel een hele bijzondere toepassing van sociaal Darwinisme op cultureel kapitaal te noemen. Ik zeg dit niet om de veiling te demoniseren. Maar het is wel belangrijk om te begrijpen dat de veiling gezien moet worden als een superstructuur die boven de institutionele en commerciële markten opereert: de veiling is letterlijk een super-markt, een extra niveau van abstractie dat het werk van de kunstenaar en de galerist negeert. Bij een benefietveiling wordt het concept van waarde zowaar nog ingewikkelder, omdat we hier niet alleen te maken hebben met de economische waarde, maar ook met de ethiek van liefdadigheid.

Maar laat ik bij het begin beginnen. Als een werk succesvol wordt verkocht op een veiling, dan profiteren kunstenaar en galerist hier indirect ook van. Zelfs al heeft een galerie geen direct economisch belang bij een veiling, de prijzen kunnen hier in theorie sterker stijgen, en dat heeft ook een effect op de prijzen die de galerie hanteert voor het werk van de kunstenaar. Gelet op de enorme snelheid van kopen en verkopen en de wijze waarop het geld van hand tot hand gaat, kun je de veiling ook een minder gereguleerde praktijk noemen. Economische waarden die min of meer vaststaan, of tenminste gereguleerd worden, kunnen hier veel sterker en vrijer fluctueren. Dat is een voordeel voor meer mensen dan alleen diegenen die een goede deal hebben gesloten. Maar beweren dat een veiling 'democratisch' zou zijn, staat gelijk aan het cliché dat het kapitalisme een soort bevrijding met zich mee brengt.[13]

Take the Money and Run laat zien hoe een kunstinstelling een reflexieve relatie probeert op te bouwen met de benefietveiling

[12] www.antiques-collec-tibles-auction-news.com 27 juni 2008.

[13] Zie bijvoorbeeld Luc Boltanski en Éve Chiapello's kritiek op het kapitalisme als factor bij het verkrijgen van gelijke rechten in *The New Spirit of Capitalism*, Parijs 1999.

en haar directe aantrekkingskracht op verzamelaars. Bij het
ontbreken van een dergelijke zelfreflexiviteit bestaat het gevaar
dat de interne logica van de veiling de normen en waarden van
de institutionele wereld uitholt. In 2007 presenteerde het
Louisiana Museum in Denemarken een groepstentoonstelling van
werken uit de Estella collectie van Chinese kunst. Het was
een gemakkelijke oplossing voor het selecteren van een aantal
werken die de veel bediscussieerde hedendaagse Chinese kunstscene in beeld zou moeten brengen. Iets te gemakkelijk. Vlak
nadat de tentoonstelling was gesloten, verkocht de verzamelaar
de hele collectie, met de prestige en toegevoegde waarde die
de collectie dankzij de tentoonstelling in Louisiana inmiddels
had gekregen. De prijs die een kunstinstelling betaalt voor het
idee dat het tonen van een privé-collectie het maken van een
tentoonstelling kan vervangen, is het verlies van haar publieke
integriteit. Vanuit de manier van denken in een Noord-Europese
welvaartsstaat, komt de benefietveiling ongetwijfeld over als een
geforceerde verkoopactie aangezien zij buiten de veilige zone
van de publieke subsidiëring valt. Elders wordt het juist gezien
als een pro-actief middel. In de V.S., met zijn machtige collectioneurs, actievere instelling en pragmatische houding ten
opzichte van ondernemerschap, is de veiling een meer vanzelfsprekende manier voor het herverdelen en nivelleren van geldstromen. Seth Siegelaub, een vooraanstaande galerist, redacteur
en pleitbezorger van de eerste generatie conceptuele kunstenaars
uit New York, legt uit dat er in de late jaren zestig bijna elke
week geldinzamelingsacties werden gehouden voor de anti-oorlogs-
beweging. Kunstenaars voelden zich moreel verplicht een werk
te doneren.[14] In galeries, bij mensen thuis of in de lokalen
van de Art Workers Coalition, konden verzamelaars dure werken
kopen. De opbrengst ging naar liefdadigheidsdoelen als het US
Servicemen's Fund, een organisatie geleid door onder anderen
Jane Fonda en Donald Sutherland die zich inzette voor de rechten
van soldaten om tegen de oorlog te kunnen protesteren. In het
verlengde hiervan is *Take the Money and Run* ook net zo activistisch als het kapitalistisch is. Het is een mooi voorbeeld van
het feit dat je met geld niet alleen iets kunt kopen, maar dat
je er ook op een zichtbare manier iets mee kunt doen.

    Toch is deze vorm van fondsenwerving vaak voorbehouden
aan instituten en 'goede doelen'. Zelfs als men solidariteit
betuigt door een veiling bij te wonen en iets te kopen, dan nog
is de veiling geen activistisch instrument (en zeker niet in het
geval van zo'n bekende intermediair als Christie's). Kenmerkend
voor een veiling is immers dat deze pas functioneert als er
sprake is van een formele basis of 'high profile exposure'. Een
kunstinstelling moet een liefdadigheidsveiling dan ook extra
profiel geven ten opzichte van de eigen professionele demografie
om er 'echt geld' mee binnen te verdienen. In onze huidige
ervaringseconomie zal de veiling om succes te hebben in de vorm
van een 'kunstevent' gegoten moeten worden, het gedoneerde werk

[14] In gesprek met Seth
Siegelaub, Amsterdam,
mei 2009.

moet afkomstig zijn van bekende kunstenaars en het publiek moet
aanzien hebben, en als zodanig moet het event ook aan kunstenaars en publiek gepresenteerd worden.

De vraag is: hoe beïnvloedt dit de relatie tussen instituut
en kunstenaar? Als liefdadigheidsveilingen een economische
factor worden voor kunstinstellingen, dan worden individuele
tussenpersonen die met kunst werken een onderdeel van een op
consensus gebaseerde gifteconomie, waarin een nieuwe, onderlinge afhankelijkheid wordt gecreëerd, om nog maar niet te
spreken over een nieuwe vorm van sociale controle. Binnen deze
gifteconomie bestaat er een onuitgesproken overeenkomst dat
het instituut aandacht besteedt aan de kunstenaar in ruil voor
een mogelijke, toekomstige donatie van een kunstwerk van deze
kunstenaar aan een benefietveiling. Als het instituut rekent op
de hulp van een kunstenaar voor zijn economische basis, maakt
dit de positie van de kunstenaar ten opzicht van het instituut
sterker, zo zou je kunnen zeggen. Maar het blijft een vorm van
afhankelijkheid zonder enige zekerheid. Immers, het machtige
instituut kan zijn bekendheid en aanzien ook inzetten om dona-
ties te werven van kunstenaars zonder ooit iets terug te geven,
behalve dan de prestige van de deelname aan de benefietveiling.
Dit klinkt misschien speculatief, zelfs een beetje paranoïde,
maar ik wil eenvoudigweg stellen dat in zo'n economie de institutionele legitimiteit vervreemd raakt van haar oorsprongke-
lijke basis: de tentoonstelling, en opschuift naar de meer
diffuse waardeoverdrachten binnen de 'kunstwereld'.

Uiteindelijk komt het dan neer op de persoonlijke relaties
tussen individuele tussenpersonen, hun verwachtingen, politieke
wil en inschatting van de situatie terwijl de benefietveiling
enerzijds dus een activistische houding van mensen schijnt
te stimuleren en de banden tussen kunstenaar en de lokale
gemeenschap versterkt, stimuleert het mensen anderzijds ook
om strategische partnerschappen aan te gaan waarin ze altijd
bereid zijn te kopen en te verkopen, niet alleen kunstwerken
maar ook zichzelf in die zin dat ze publiek zichtbaar worden
als verkoper. Natuurlijk zijn instellingen zelden zo rationeel
en transparant als wij idealiter zouden willen dat ze zijn,
maar als instellingen zich bij belangrijke werkrelaties gaan
verlaten op quasi-private transacties als deze, dan boeten
ze al bij voorbaat in aan publieke transparantie. Dan heb je
een 'publieke sfeer' die af en toe overschaduwd wordt door
een private logica. In het Duits zou je dat met een mooi woord
Schattenöffentlichkeit kunnen noemen.

Aan het begin van dit essay schreef ik dat culturele instellingen zich als gevolg van de ervaringseconomie aan het
reorganiseren zijn om een groter publiek bereik te krijgen,
en dat ze in dat opzicht zelf 'massamedia' zijn geworden. De
veiling – die niet alleen exclusief is omdat ze is voorbehouden
aan een welgestelde elite, maar ook omdat het per definitie
geen evenement voor een groot publiek is – lijkt door dit alles

relatief onaangetast te blijven. Of niet? Dit hangt wederom af van de mentaliteit van de koper, platweg gezegd, in hoeverre hij of zij in staat is voor zichzelf te denken en te verlangen. Maar de vraag is natuurlijk hoeveel kansen deze koper hiertoe geboden krijgt tijdens een veiling waar kunstwerken worden ge-recontextualiseerd zonder rekening te houden met de onderlinge verbanden. (In het geval van *Take the Money and Run* werden af-zonderlijke werken geïsoleerd van het oeuvre van de kunstenaar maar – en dat is vrij ongebruikelijk voor veilingen – niet van de visie van de curator.) Bij een aankoop baseert een koper zich op zijn/haar vaardigheid om het handschrift van de kunstenaar te herkennen. Dat gebeurt op basis van de kennis die men heeft van een kunstenaar, maar ook op basis van de gebruikelijke externe betekenisgevers: instellingen, commerciële processen en de massamedia.

15 Boltanski en Chiapello, p. 445.

Can the auctioneer be stripped?
Ondertussen erotiseerde de veilingmeester van Christie's op 20 mei 2009 de verkoop van kunstwerken met zijn elegante bewegingen en het opdreunen van prijzen, waardoor de kunstwerken hoger en hoger in waarde stegen. Het is op dit specifieke moment dat de prijzen van de kunstwerken – en in het verlengde daarvan de prijs die hoort bij de naam een kunstenaar – definitief worden vastgesteld. In de filmtheorie is een scène waarin een veiling wordt getoond - zoals bijvoorbeeld die in Hitchcock's *North by Northwest* - een voorbeeld van een *set piece*. De scène die het hoogtepunt van de film vormt, waarbij het drama binnen een begrensd tijdskader wordt samenbalt op één specifieke, besloten locatie. Sommige veilingmeesters beweren dat een veiling niet langer dan 45 minuten moet duren om de kopers op het puntje van hun stoel te houden. De *set piece* brengt de held vaak in gevaar en werkt toe naar de climax van waaruit het verhaal een nieuwe wending krijgt. Dit geldt ook voor de veiling waar de reputatie van de kunstenaar immers het gevaar loopt 'onder de maat te presteren': 'Ik kan niet geloven dat die-en-die kunstenaar niet duurder is!', is een vaak voorkomende opmerking. Dit werkt ook weer de andere kant op: het enthousiasme van de kopers wordt meteen in een waardestijging van het werk vertaald. Zelfs al is een succesvolle verkoop afhankelijk van zoiets vluchtigs als de stemming van twee of meer mensen in de zaal die zin hebben om op een werk te bieden, de veiling geeft het officiële 'vonnis' over de marktwaarde.

Dit maakt van de veiling een exemplarisch voorbeeld van Luc Boltanski en Ève Chiapello's diagnose van de wijze waarop het nieuwe, op verlangen en authenticiteit gerichte kapitalisme 'de snelle opeenvolgingen van verliefdheid en teleurstelling' introduceerde in de relatie van mensen tot mensen en goederen.[15] Relevant voor onze discussie is met name het soort authenticiteit dat men verwacht van een kunstwerk:

14/JAN/09
AUCTION HOUSE CHRISTIE'S IN AMSTERDAM CUTS AROUND 10 OF ITS 80 JOBS IN THE
WAKE OF THE FINANCIAL CRISIS. THE AUCTION HOUSE'S TURNOVER IN THE SECOND HALF
OF LAST YEAR WAS ONLY HALF OF WHAT IT WAS IN THE FIRST SIX MONTHS.
WWW.CULTUURBELEID.NL

[16] Op. cit., pp. 445-446.

*De aantrekkingskracht van een product dat wordt gewaardeerd
vanwege zijn authenticiteit, komt niet louter en alleen voort
uit het feit dat het op een volledige en goedkope manier vol-
doet aan de functies die ervoor bedoeld zijn. Het hangt voor
een groot gedeelte af van het open (en dus ongecodeerde)
karakter van zijn functies, die in hypothese oneindig zijn
– een eigenschap die (...) het kunstwerk vergelijkbaar maakt
met de persoon. Plezier hebben van een authentiek product
hangt niet alleen af van hoe het gebruikt wordt, maar ook van
de ontdekking van verborgen betekenissen en kwaliteiten in
het kader van een unieke relatie.*[16]

In het verlengde hiervan bestaat de overeenkomst tussen veel
werken uit *Take the Money and Run* uit het feit dat zij een
performatief aspect hadden dat ze persoonlijk en subjectief
maakt. Dit geldt bijvoorbeeld voor Christian Jankowski's speelse
performance *Strip the Auctioneer*, waarin de veiling zelf tot
performance werd gemaakt door de veilingmeester als laatste
zijn persoonlijke bezittingen te laten verkopen, van zijn jasje
tot zijn schoenen en veilinghamer. Maar ook in Jens Haanings
readymade van zijn paspoort, Marlene Dumas' belofte 'to give
you pleasure forever' en Meschac Gaba's acht jaar oude zonen die
tekeningen maakten voor de veiling gaf de droge esthetiek van
de conceptuele kunst ruimte aan de geste en het subject. Het
postconceptuele werk is omgedraaid om een nieuwe relatie van
'extimiteit' tussen auteur en toeschouwer tot stand te brengen,
om hier Jacques Lacans term aan te halen voor het publiek maken
van intieme informatie en intersubjectieve relaties.

In *Take the Money and Run* wordt de institutionele
Selbstdarstellung ook gereflecteerd in de titel van de tentoonstelling die is ontleend aan een tentoonstelling uit 1975
van Fitzgibbon en Winters – twee kunstenaars die ook aan de
tentoonstelling van 2009 deelnamen. De originele tentoonstelling *Take the Money and Run* was een ironische happening. Op de
opening verzochten de kunstenaars de bezoekers hun waardevolle,
persoonlijke bezittingen in te leveren waar de kunstenaars
vervolgens mee verdwenen. De stomverbaasde gasten op de opening
werden de nietsvermoedende slachtoffers van een artistieke
provocatie, totdat Fitzgibbon en Winters weer op kwamen dagen
en alle spullen weer teruggaven aan de rechtmatige eigenaars,
die zichtbaar opgelucht waren dat hun portemonnees en horloges
niet voor eeuwig waren omgetoverd in een *objects d'art*. In de
versie van 2009 heeft de titel van de tentoonstelling haar
eigen bittere teleologie: als je wilt blijven bestaan als een
instelling – als je in bedrijf wilt blijven – zul je door de
zure appel heen moeten bijten en het onbehagelijke gevoel opzij
moeten zetten dat je een actor in de kunstmarkt wordt.

Lawrence Weiner is een kunstenaar die zowel aan de wieg
stond van de Appel als aan de conceptuele kunst. In zijn werk
Untitled (Take the Money and Run) (2009), dat hij maakte voor

19/JAN/09

FINANCIAL CRISIS ALSO HITS AUCTION HOUSE SOTHEBY'S. AUCTION HOUSE SOTHEBY'S IN
AMSTERDAM IS GOING TO REORGANISE. FROM THIS SUMMER ONWARDS THE AUCTION HOUSE WILL
ONLY SELL PAINTINGS. MANY OF THE CURRENT 60 JOBS WILL DISAPPEAR.
WWW.TELEGRAAF.NL

de tentoonstelling en de veiling, kaart hij de principes van de
conceptuele kunst aan, maar ook de huidige benarde situatie van
de Appel:

FROM PETER TO PAUL

At the moment a work is
conceivable it is in fact
an object

its value is the interaction with the society it finds
itself in

TAKING

Economic value per se
relates essentially to
catch as
catch can

TO GIVE

If and when art is not a commodity
how is the piper to be paid
(in fact how is the piper to continue to play)

The question remains:
What the object is
not
what the object costs.

Hier wordt de politieke economie van de conceptuele kunst
schijnbaar gecorrigeerd. In tegenstelling tot de dubbelzinnige
taalevenementen van de vroege Weiner, waarin hij zich onthield
van 'het ding zijn' en het objectmatige karakter, is dit een
meer didactisch werk. De kunstenaar lijkt ermee te willen
zeggen: 'mensen word wakker, we leven in een kapitalistische
wereld!', waarmee hij een utopische economie geïnspireerd op de
conceptuele kunst onderuit haalt. Dit werk van Weiner plaatst de
conceptuele kunst middenin het op communicatie gebaseerde kapitalisme – een paradigma en realiteit die toen de conceptuele
kunst ideeën in kunst om ging zetten, het onvermijdelijk werd
dat deze ideeën ook weer handelswaar zouden worden. Vandaar de
noodzakelijkheid om telkens weer de status van het 'immateriële'
object te checken. Voor Weiner blijft de vraag 'Wat het object
is / niet / wat het object kost.' Maar binnen het kader van
een vorm van kapitaal die 'het zichzelf zijn' heeft omgeturnd
tot handelswaar, zou de vraag moeten zijn: hoe kan wat men *is*
onderscheiden worden van wat men *heeft*.

Terwijl ik dit aan het schrijven ben, in de herfst van 2009, berichten de media dat de grote economieën in de EU officieel uit hun recessie zijn. Ook al zijn dergelijke berichten prematuur, nu de artistieke authenticiteit grotendeels economisch verbonden lijkt te zijn geraakt met processen van consumptie en subjectivering kunnen we ons alleen maar schrap zetten en afwachten wat de volgende economische opleving nu weer voor de kunst en de rest van de samenleving gaat betekenen.

<u>Over de auteur:</u>
Lars Bang Larsen is een onafhankelijk curator en schrijver gevestigd in Barcelona en bekend om zijn baanbrekende teksten over de nieuwe generatie Scandinavische kunstenaars uit de jaren '90, en door zijn tentoonstellingen en boeken die een frisse kijk bieden op de sociale en artistieke kritiek van geëngageerde kunstenaars uit de jaren '60 en daarna. Bang Larsen schrijft regelmatig voor *Frieze*, *Afterall* en *Artforum*. Geboren in Denemarken, heeft Bang Larsen zich de afgelopen tien jaar beziggehouden met het werk van kunstenaars in Europa, de VS en het Midden-Oosten. In 1998 was hij co-curator voor de inaugurele Nordic Biënnale, en in 2004 was hij curator van de Deense bijdrage aan de Biënnale van Sao Paulo. Hij was co-curator van onder meer "Fundamentalisms of the New Order" voor de Charlottenborg in Kopenhagen; "Populism", gepresenteerd in de Frankfurter Kunstverein, CAC in Vilnius en het Stedelijk museum in Amsterdam, en "The Echo Show" in Tramway in Glasgow. Momenteel werkt hij aan een tentoonstelling voor Raven Row in Londen, getiteld "A History of Irritated Material".

1

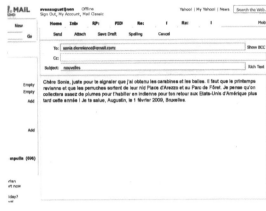

2

Chère Sonia, juste pour te signaler que j'ai obtenu les carabines et les balles. Il faut que le printemps revienne et que les perruches sortent de leur nid Place d'Arezzo et au Parc de Fôret. Je pense qu'on collectera assez de plumes pour t'habiller en indienne pour ton retour aux Etats-Unis d'Amérique plus tard cette année ! Je te salue, Augustin, le 1 février 2009, Bruxelles.

Ik schrijf u brieven. Eén voor één, steeds nadat u mij er een heeft gestuurd. Ik denk dat ik een limiet aan het aantal brieven moet stellen. Twaalf lijkt me een mooi aantal. Dan kunnen we samen iets opbouwen. Maar stel dat u me op een enkele manier inspireert, dan kunnen we met twee, drie brieven volstaan.

Ik zou het op prijs stellen wanneer u in uw eerste brief iets over uzelf vertelt. Hoe oud u bent, hoe oud u zou willen zijn, hoe oud u denkt te worden. Vertelt u ook iets over de mensen in uw omgeving. Zijn ze mooi, zijn ze lelijk, zorgen ze goed voor u? Ik ben ook benieuwd te weten hoe u er zelf uit ziet. Heeft u een tuin? Zou u er een willen hebben? Ik woon sinds kort in een huis met een kleine binnenplaats dat ik mijn tuin noem. In de lente komen er kikkers, is mij verteld.

Ik houd van brieven. Ik begin hier dus niet alleen aan voor u. Misschien is dat prettig om te weten. Maar wanneer u zich toch schuldig voelt dat u deze briefwisseling heeft gekocht, en dus voor mijn aandacht betaalt, weet dan dat ik me uw schuldgevoel goed kan voorstellen. Ik zou me in uw plaats ook ongemakkelijk voelen.

Nu moet ik daar wel bij zeggen dat ik me snel en hevig schuldig voel. De snelheid en de intensiteit waarmee een schuldgevoel zich van mij meester maakt, is vergelijkbaar met de vaart waarmee ik me beledigd voel. Schaamte heeft er geloof ik iets mee te maken. Maar laat ik daar nu niet over uitweiden.

Ik had u ook een telefoongesprek kunnen aanbieden. Dat was wel net zo direct geweest en voor u wellicht gemakkelijker. Maar ik ben niet goed in het voeren van telefoongesprekken. Ik kom in een gesprek vaak niet op de goede woorden, en ik wacht te lang met het geven van een antwoord. Ik kan ook zomaar over iets anders beginnen, niet noodzakelijkerwijs omdat ik niet in u of uw onderwerpen geïnteresseerd zou zijn, maar omdat ik dan zomaar aan iets anders moet denken. Wanneer ik schrijf kan ik die gedachte-uitstapjes beter doseren, en wanneer het er te veel zijn, ze nadien wissen, of zelfs helemaal opnieuw beginnen. Mijn gedachten zijn niet gemaakt om direct uitgesproken te worden. Of ik heb nooit goed leren spreken, dat kan ook. In ieder geval voel ik me het meest op mijn gemak wanneer ik mijn woorden op papier kan zetten. Ik hoop dat u zich ook uw gemak voelt. Dat lijkt me een prettig uitgangspunt voor onze briefwisseling.

Ik had u ook een e-mailwisseling kunnen voorstellen. Maar ik geloof dat het schrijven van een brief die u in een envelop steekt, waar u een postzegel voor moet kopen, belangrijk is. Zoals ik het ook belangrijk vind dat ik met een brief naar de brievenbus wandel om deze te posten. We delen dan niet alleen woorden, maar ook bepaalde handelingen. We hebben iets voor elkaar over, stel ik me voor. Alhoewel ik meestal brieven post op weg naar de bakker, met in mijn ene hand nog een vuilniszak die ik twintig meter verderop in een container moet gooien, zal ik mijn best doen om voor uw brieven speciaal de deur uit te gaan. Ik zal mijn mooie jas aandoen en aan u denken, op weg naar de brievenbus.

Wanneer u niet weet waarover u moet schrijven, kunt u ook een tekening maken. Ik maak vaak tekeningen tussen het schrijven door, dat helpt om de woorden op gang te brengen.

Tot slot wil ik dit met u afspreken: bij aankoop van dit aanbod voor een briefwisseling krijgt u mijn adres. U komt niet bij me langs, tenzij u uitnodig. Ik blijf het recht houden om mijn en uw brieven te publiceren. Het staat ons vrij om te schrijven wat we willen en hoeveel woorden we daaraan willen wijden. De briefwisseling kan op elk moment, door beide partijen worden gestaakt, mits de afsluiting in een brief wordt aangekondigd. Ik schrijf minimaal drie brieven, uitsluitend in een reactie op uw schrijven. Mochten we dat willen, dan kan de briefwisseling levenslang gecontinueerd worden.

Nu is het woord aan u.

3

4

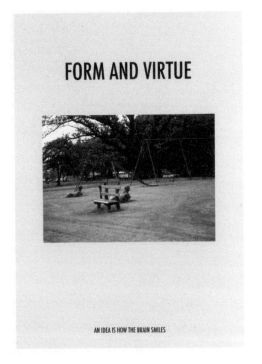

FORM AND VIRTUE

AN IDEA IS HOW THE BRAIN SMILES

1
Sven Augustijnen
(Belgium, 1970)
Les Perruches (2009)
Inkjet print on paper
29.5 x 21 cm
Printed email correspondence
with Sonia Dermience.

2
Maria Barnas
(The Netherlands, 1973)
*Uitnodiging tot een
briefwisseling* (Invitation for a
correspondence), (2009 -)
Laser print on paper
29.5 x 21 cm
The artist offers to respond by
letter to the buyer's. The work
was bought by De Paviljoens
Almere and will be part of the
project 'The Dutch Identity'
from autumn 2010.

3
Erick Beltrán (Mexico, 1974)
Endless failure crease pattern
(2009)
Inkjet on paper, and colour
photograph
Inkjet 21 x 29.7 cm and photo
10 x 15 cm
A Crease Pattern is an
origami diagram type that
consists of all or most of the
creases in the final model,
rendered into one image.
This comes in handy for
diagramming complex and
super-complex models, where
the model is often not simple
enough to diagram efficiently.
Crease patterns began to be
used as communication of
ideas between designers. This
allowed them to create with
increasing levels of complex-
ity, allowing the art of origami
to reach unprecedented levels
of realism. Now most higher-
level models are accompanied
by crease patterns.

4
Barbara Bloom (USA, 1951)
*An Idea is How the
Brain Smiles* (2008)
Inkjet print on paper
29.5 x 21 cm
The graphic collage is an
intriguing interaction between
image and texts. The image
shows the park outside the
Art Gallery of New South
Wales, Sydney, Australia
(1990); 'An Idea is How the
Brain Smiles' is a quote from
Chris Mann.

5

6

« Take the Money and Runs »

At what moment is the value of art created ?

First, be sure that we speak about the same thing! Value here must be understood as the "economic value", nothing else.

Is this value created when a work exists as an idea ?

Certainly not, never.

When it is produced, presented or sold ?

Only whenever it is sold.

Is a concept saleable or can an experience be seen as a commodity ?

Concepts are sold everyday. But, in the art world a concept to be sold must have a kind of a shape, a form and looks like a visual object even if it is a mere piece of paper with few words on. An experience can be seen as a commodity as long as we are in this "société du spectacle" where anything can be bought and sold.

What is the difference between economic and symbolic value ?

Concerning contemporary art, all the differences possible in the world and as much as you can imagine. It's no relation whatsoever between these two types of values.

These are the questions that were frequently posed by conceptual artists since the 1970s. But how do artists relate to these issues nowadays ?

Hopefully your questions might give to us some answers ?

Daniel Buren
March, 1rst 2009.

7

5
Monica Bonvicini
(Italy, 1965)
Run Take One Square or Two
(2000)
Twenty-three sheets, ink on tracing paper
Each: 21 x 15.5 cm
Multiple 14/15, A.P. signed by the artist.
The edition was made on occasion of the solo show RUN TAKE one SQUARE or TWO at the Salzburger Kunstverein in 2000. The edition is a collection of 23 song titles from the end of the 1960s and the 1970s, containing the word RUN.

6
Daniel Buren (France, 1938)
Take the Money and Runs
(2009)
Inkjet on paper
29.5 x 21 cm
The artist has answered questions about the valuation of art. The artist did not sign the work as he never signs any and therefore it would be inconsistent with his practice to sign this one

7
Maurizio Cattelan
(Italy, 1960)
Untitled (2009)
Ink on paper
7 x 15 cm
The work consists of a signed cheque by Maurizio Cattelan for the amount of one dollar. The owner's name is added later in the appropriate box (Pay to the order of) and typed in following instructions with Microsoft word in Courier, normal, size 10.
Collection Warren Siebrits, Johannesburg.

9

8

8
Marlene Dumas
(South Africa, 1953)
To whom it may concern
(2009)
Black permanent marker
on paper
29 x 21 cm
Handwritten declaration by
the artist.

9
Colen Fitzgibbon &
Robin Winters (USA, 1950 &
USA, 1950)
A Drawing for the Future X
& Y: International Services
Adaptable to Your Situation
(2009)
Inkjet on paper
29.5 x 21 cm &
2x watercolour
42,5 x 35.5 cm
A relic to start with and a
work that will be executed in
consultation/ collaboration
with the buyer.

10
Claire Fontaine
(France, Founded 2004)
This neon sign was made by…
(2009)
Print and pencil on paper
2x 29.5 x 21 cm
A drawing of a neon sign
and estimate by the company
Neon Weka, which is necessary should the buyer like to
produce the neon work.
[The drawing states: *This
neon sign was made by …*
Claire Fontaine made contact
with a Neon producing
company in Amsterdam and
asked for a price estimation
to produce the drawing.
The work consists of both
the drawing and the price
estimation of Neon Weka in
Amsterdam.]
The drawing is signed and
dated by Claire Fontaine (in
the right side corner).
[From 18.000 Euro option:
the buyer can install the neon
work.
This work will have a certificate with the instructions
for the production and the
installation of the neon. The
certificate of authenticity
would give the right to the
person who buys the drawing
to produce the work with
Neon Weka in Amsterdam.
The quotation is valid for 6
months. In the event that it is
not possible to make a reserve
on the drawing of 18,000 - the
certificate will not be included
in the sale and of course the
neon will not be included.]

10

11

Tu Aimes, Tu Achètes - You Like, You Buy

The performance, which I will call 'Tu Aimes, Tu Achètes' or 'You Like, You Buy', is an idea that came from my son Jonathan. He is the oldest of my twin sons, born April 5th, 2001. Jonathan and his brother Johannes are seven years old now. Jonathan makes drawings that everyone likes very much, also his class mates at school. Jonathan thought it would be a good idea to sell his drawings to his friends, and told his mother Alexandra. She explained to him that it was better not to sell them at school, because the parents of his school friends might not like the idea, because at the age of 7 most children do not receive pocket money yet, and so Jonathan's friends would need to ask their parents for money to buy the drawings. So Jonathan wanted to sell his drawings for 1 EUR each. He told him it was better to sell the drawing during Queen's Day, or during the yearly art market. As Jonathan's grandmother sells her jewelry and antique there too. When I received the invitation from the Appel to send a proposal which concerns the value of art, Jonathan's plan came to my mind, because behind his idea, I saw the innocence of the artist who first makes his first drawings or sculptures at an early age without thinking of money, just driven by his love, vocation at primary school or educational programs at the museum. When these drawings catch the eye of the public, or the people around the artist, and they start to appreciate it and encourage him to continue, by giving him confidence saying it is good work, and that he might become art one day. Talking to him about it in a strong way will lift up his spirit and egg and put the idea into the child's or the young artist's head, the artist en herbe, that this is art, and that it can also have a commercial value. So, he thinks of showing this work to a larger audience. When this happens, the commercial entourage, those who create the value in art, show these drawings to galleries, thinking the work might please their collectors and art lovers. When the collectors who see the drawings, love and buy them, the work gets a commercial value. This is a simple definition of the value in art. Wishing not to write too much, taking simply the example of Van Gogh and his brother Theo, I know they believed in what they did. And in the end the sales and collecting of his work turned out into the Van Gogh Museum today, where people will pay to see that art has value. Even when art has an intellectual, social, political, religious value behind it, I do not see anyone telling the contrary. Art, whatever the medium, represents a value only, when this value can be expressed or exchanged in different forms.

Johannes Gabra

12

25.02.09
Brussels
Dora Garcia

TODAY
TODAY
I wrote
NOTHING

Doesn't matter

13

14

11
Meschac Gaba (Benin, 1961)
Tu aimes, Tu achètes (You like,
you buy) (2009)
Inkjet print, pen, fineliner and
markers on paper
Each 20 x 28.5 cm
Artist's statement on the current valuation of art on which
drawings by his twin sons
are added. They performed
during the opening, making
drawings and selling them to
the audience.

12
Dora García (Spain, 1965)
Today I wrote nothing (2009)
(hommage to Daniil Kharms)
Pen on paper
21 x 29 cm
Handwritten statement by
the artist.

13
Liam Gillick
(United Kingdom, 1964)
MMM… Moneypie (2009)
Inkjet on paper
29.5 x 21 cm

14
Dominique Gonzalez-Foerster
(France, 1965)
untitled (2009)
Laserprint on paper
21 x 29.5 cm
Two googled pictures
juxtaposed (pickpocket and
underground) referring to
anonymity versus authenticity.

15

16

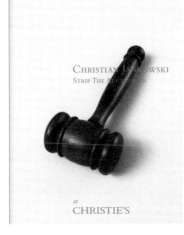

15
Jens Haaning
(Denmark, 1965)
Danish Passport, Valid Until
04.09.2012 (2009)
Passport in frame
12.5 x 8.5 cm

16
Christian Jankowski
(Germany, 1968)
Strip the Auctioneer (2009)
Performance by the auction-
eer, 20 May 2009, document-
ed in photographs.
The auctioneer will, prefer-
ably as last lot, and closing
event of the auction, read out
the text on the A4, that will
propose himself getting un-
dressed, stripping, unclothing
which will be documented by
a contracted photographer:
STARTING with a photo-
graph of him/her completey
dressed
Taking off his tie: from €10,-
Photo
Taking off his shoes:
from €15,-
Photo
Taking off his jacket:
from €15,-
Photo
Taking off his shirt: from
€25,-
Photo
Taking off his pants: from
€50,-
Photo
Taking off his etc…
But he will not go completely
naked, and keep his under-
pants and vest on.
The auctioneer will get a
percentage of the bid, 15%,
like the artist.
In the end there will be a
photographical piece after
undressing.

17

18

19

People who expressed interest in this work also bid on the following:
Mensen die in dit werk geïnteresseerd waren, boden ook op het volgende:

Lot 122	Nedko Solakov
Lot 119	Daniel Buren
Lot 8	William Hunt
Lot 30	De Rijke & De Rooij
Lot 50	Gabriel Lester
Lot 79	David Lieske
Lot 82	Elmgreen & Dragset
Lot 100	Louise Lawler
Lot 111	Roman Ondak
Lot 127	Jens Haaning

17
Job Koelewijn
(The Netherlands, 1962)
Ongoing Reading Project
(2006-)
Colour photograph and
laserprint on paper
Photograph 80 x 60 cm,
notes 200 x 60 cm
In 2006 the artist made the
pledge to read 45 minutes out
loud from a book every day,
and to record this daily action
on tape or disk. The work
consisted of a colour photograph of the installation,
a print of the diary notes in
which the booktitles, date and
pages read, are written down,
and a statement by the artist.
The work was accompanied
by a certificate of authenticity
signed by the artist, and states
that the future buyer commits
him/herself to participate
in the 'Ongoing Reading
Project' and will read a book
fragment (of their own
choosing) out loud.

18
Harrie de Kroon
(The Netherlands, 1948)
[WDIGGIE] (1985)
Pen on paper
2x 21 x 14.5 cm
A handwritten concept for a
Search Engine that classifies
the search results of a query
not according to rational,
numerical, alphabetical methods, but according to 'soft'
methods using metaphors and
personal associations. The
buyer of this work bought the
framed concept on paper, the
concept remains intellectual
property and copyright of the
artist.

19
Louise Lawler (USA, 1947)
*People who expressed interest
in this work also bid on the
following:* (2009)
Print on archival white paper
29.5 x 21 cm
During the auction, the
works that received bids from
people who had also placed
bids on Lawler's work were
listed, and thus the work was
completed during the auction
at Christie's on 20 May 2009.
The auction itself was ob-
served and the work was put
into context of other works.

20

21

22

Each gallery visitor sets the ticket price for the next visitor.

23

Should it come to this?

In this way?

To be reminded an idea is a work of art?

Have such ideas really ever been given value?

Shouldn't all works of art be treated as such?

Such works are not ends in themselves. They are tools with which to influence others.

The problem for the artist is not to know if the work of art should be considered as an object or as a subject. Since the two are inseparable.

But is it not a distraction to read what an artist has to write?

An empty notion? A facsimile of another idea? A forgery?

What for a moment may be a deviation from other recognizable forms, shouldn't become routine.

Take a stance. Now. Do not underestimate.

Give value to the commodity at hand. Redistribute the idea.

24

The very fact that this sentence is written and printed on a A4 size normal stationary paper, and that there is at least one spelling misttake (not talking about the Bulgarian English in general), and it is also not signed by the artist (me), so, all this gives the sentence an enormous potential to possibly accommodate a fresh idea for a successful art market strategy in the times of global crisis. Unfortunately the full stop in that sentence had just killed that potential, which is good for the art market too, unless this sheet of useless paper goes to an art auction.

25

Certificate for Anti-gentrification plan   383 C

This work consists of thousands of pages of A4 paper. One A4 page represents 0.06237 m²
of the future building of de Appel arts centre. An A4 is a share in the future floor
plan of de Appel and by purchasing these stacks one contributes to the art institution
owning its building. The value of one A4 page is calculated according to the price of
1 m² on the real estate market in central Amsterdam. Twelve signed editions of stacks of
coloured A4 paper are offered for auction. Each edition, a stack of A4 pages in different
colours, represents the different functions of de Appel arts centre as specified in the
architectural requirements for the new location.

383 C Exhibition halls 4 x 100 m² = 4 x 1603 A4

206 C Entrance and reception 200 m² = 3207 A4

130 C Library 100 m² = 1603 A4

228 C Bookshop 25 m² = 401 A4

261 C Foyer 50 m² = 802 A4

370 C Multi-purpose space 100 m² = 1603 A4

166 C Studio space for 10 students 60 m² = 962 A4

429 C Restrooms 50 m² = 802 A4

429 C Archive 50 m² = 802 A4

429 C Workshop 80 m² = 1283 A4

429 C Storage 80 m² = 1283 A4

200 C Offices 120 m² = 1924 A4

Total De Appel arts centre 1300 m² = 20843 A4

You have purchased one part of the Anti-gentrification plan of Apolonija Šušteršič.
This edition 1/1 represents de Appel's future Exhibition halls.

                          Signature / Date

Apolonija Sustersic

24
Nedko Solakov
(Bulgaria, 1957)
Untitled (2009)
Print on paper
29.5 x 21 cm
Print out of unsigned text by
the artist on a successful strat-
egy for the art market during
the global financial crisis.

25
Mladen Stilinović
(Yugoslavia, 1947)
*I am selling, I am selling
Duchamp* (2009)
Acrylic on cloth
47 x 71.5 cm & 41 x 71.5 cm
Two off-white pillow cases on
which the artist painted the
text of the title.

26
Apolonija Šušteršič
(Slovenia, 1965)
Anti-gentrification plan (2009)
Prints on paper
29,5 x 21 cm
This work consists of thousands of A4 sheets of paper.
One A4 represents 0,06237m²
of the future building of de
Appel arts centre. An A4 is a
share in the floor plan of de
Appel and through buying,
one contributes to the art
institution owning its building.
The value of one A4 is calculated according to prices of
1m² on the real estate market
in the centre of Amsterdam.
Twelve signed editions of boxes filled with coloured A4's
are offered for auction. The
A4's will contain calculations
and the value and colours of
the floorplan.
Each edition is a stack of A4
in a box, representing different functions of de Appel
arts centre according to her
Architectural Requirements.

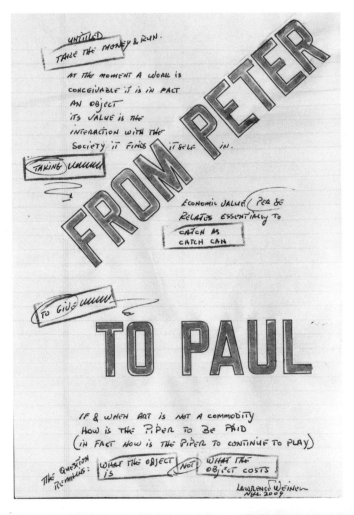

UNTITLED
TAKE THE MONEY & RUN.

AT THIS MOMENT A WORK IS
CONCEIVABLE IT IS IN FACT
AN OBJECT
ITS VALUE IS THE
INTERACTION WITH THE
SOCIETY IT FINDS ITSELF IN.

TAKING ///////

FROM PETER

ECONOMIC VALUE (PER SE
RELATES ESSENTIALLY TO
CATCH AS
CATCH CAN

TO GIVE ///////

TO PAUL

IF & WHEN ART IS NOT A COMMODITY
HOW IS THE PIPER TO BE PAID
(IN FACT HOW IS THE PIPER TO CONTINUE TO PLAY)

THE QUESTION
REMAINS : WHAT THE OBJECT
IS   NOT   WHAT THE
               OBJECT COSTS

LAWRENCE WEINER
NYC. 2009

28

YOUNG-HAE CHANG HEAVY INDUSTRIES PRESENTS
THIS IS NOT A JOKE
THEY FLY YOU TO EXOTIC PLACES FOR A WEEK OR SO.
THEY SET YOU UP IN DECENT LODGING.
THEY GIVE YOU HARDY MEALS AND HONEST SPENDING MONEY.
AND THEY WIRE FEES TO YOUR BANK ACCOUNT FOR -- GET THIS --
SEEING THINGS THAT OTHERS JUST DON'T SEE
AND THEN DOING THINGS THAT OTHERS JUST DON'T DO.
AND YOU'RE NEVER WRONG IN WHAT YOU SEE AND DO,
AS LONG AS YOU JUST BE YOURSELF, YOUR OWN QUIRKY, UNIQUE SELF.
AND IF YOU'RE LUCKY THEY THINK YOU'RE A GENIUS FOR SEEING AND DOING WHAT YOU SEE AND DO.
AND IF YOU'RE UNLUCKY, WELL, AT LEAST IT WAS FUN,
THERE'S RARELY ANY HARD FEELINGS,
AND YOU CAN ALWAYS BELIEVE YOU'RE A GENIUS --
NO ONE, ABSOLUTELY NO ONE, CAN PROVE YOU'RE NOT!
YUP, IT'S A RULE: THE MORE IGNORED YOU ARE,
THE MORE YOU HAVE THE RIGHT TO BELIEVE THEY'RE THE IGNORAMUSES.
NOW IF YOU'RE REALLY LUCKY THEY GIVE YOU THIS JOB AGAIN AND AGAIN AND AGAIN.
AND IF YOU'RE EVEN LUCKIER, THEY SEE REAL IDEAS IN WHAT YOU SAW AND DID
AND MAKE A BIG DEAL OUT OF THEM
LIKE YOU REALLY UNDERSTOOD WHAT YOU WERE DOING ALL ALONG.
AND IF YOU'RE AMONG THE LUCKIEST, THEY SEE WHAT YOU SAW AND DID
AS IMPORTANT FOR ALL MANKIND AND FOR ALL TIME.
AND THEY COULD BE ALL WRONG.
BUT IT DOESN'T MATTER, BECAUSE IT'S ALL PART OF THE DEAL.
WHAT'S THE CATCH?
THERE IS NO CATCH!
THEY'VE BEEN DOING IT FOR YEARS!
WITH NO END IN SIGHT!
I KID YOU NOT!
UNFUCKING BELIEVABLE.

27
Lawrence Weiner (US, 1942)
Untitled (2009)
Pen, felt-pen, marker and
paint on printed paper
29.5 x 20.5 cm
Handwritten statement by
the artist on Take the Money
and Run.

28
**YOUNG-HAE CHANG
HEAVY INDUSTRIES**
(Korea, Founded 1999)
This is not a joke (2009)
Inkjet on paper
30 x 21 cm

← 2

**Maria Barnas
(Translated by
Donald Gardner)**

I'm writing you letters. One at a time, every time you send me one. I think I will have to limit the number. Twelve sounds good to me. Then we can accomplish something together. But if you fail to inspire me, two or three will do.

I would appreciate it if you say something about yourself in your first letter. How old you are, how old you would like to be, how old do you expect to become. You should also say something about the people close to you. Are they pleasing to look at or do they lack charm? Do they take good care of you? I am curious to know what you look like. Do you have a garden? Would you like to have one? For a short while now I have been living in a house with a small backyard that I call my garden. In the spring frogs come there, or so I've been told.

I love letters. So it isn't only for your sake that I'm doing this. Maybe that's something you need to know. But if you still feel guilty for purchasing this correspondence, paying for my attention in this way, you should know that I can well imagine your feelings. I would also feel uncomfortable in your shoes. I should add however that it doesn't take much to make me feel seriously guilty.
The speed and intensity with which I am overwhelmed by guilt is comparable to the ease with which I feel insulted. I think shame is involved somewhere. But let's not go down that road now.

I could have offered you telephone conversations. That would have been just as direct and maybe it would have been easier for you, but I am not good at talking on the phone. I often can't find the right words and I take too long in coming up with an answer. I can also suddenly change subject, not necessarily because I'm not interested in you or what you're talking about, but because I start thinking about something else. When I'm writing, it is easier for me to dose these mental excursions, to erase them when there are too many or even to start all over again. My thoughts are not made to be expressed straightway. Or else I've never learned to express myself properly. In any case I feel most at ease when I can set my words on paper. I hope that you too will feel at ease, That would be a pleasant departure point for our correspondence.

I could have suggested an email correspondence. But I believe that writing a letter that you stick in an envelope, and which you have to buy a stamp for, is important. Just as I think it's important that I walk to the letterbox to post the letter. Then we also have certain actions in common, besides the words. We are willing to go the extra mile for each other, or so I imagine it. Even though I usually post letters on my way to the baker's, with a rubbish bag in one hand to put in a container twenty metres further on, I will do my best to go out of doors specially to post your letters. I will put on my good coat and think of you on my way to the post.

If you don't know what to write about, you can also make a drawing. I often make drawings while I'm writing. I find that helps to spark off the words.

Finally I'd like to make the following agreement: in purchasing this offer of a correspondence, you will receive my address. You may write in English or Dutch. You will not come and visit, not unless I invite you. I retain the right to publish my own letters and yours. We are both free to write what we want and to write as many words as we like. The correspondence can be brought to a conclusion at any moment, by either party, provided that this is announced in a letter beforehand. I will write a minimum of three letters, solely as a response to your writing to me. Should we wish, the correspondence can be continued for the rest of our lives.

Looking forward to hearing from you,

Maria Barnas.

← 4

Jan De Clerq on Barbara Bloom's work:

My eye has been caught by the work because of the following reasons:
The multitude of elements that are part of the work and that impact on each other.

First of all there's the image:
It is a confusing photograph in which seemingly old statues that depict some sort of mythical figures lie in a park-like environment, in front of which a bench has been dropped quite randomly, as well as a swing. The combination of elements within this image, among which there are many for me recognisable ones (I grew up next to a country estate with lion sculptures at the entrance gates, and I now have small kids, for whom a swing has been positioned in our garden) spurns me on to think of the possible histories that lead to images.

Subsequently there's the title at the top: 'Form and virtue', two words that give meaning to the image underneath it. Form yes, but why virtue? And subconsciously there's the relationship with the swing (young children now, still innocent, thus virtuous) and the very old statues (partly symbolic for the historical grandeur, which only came about through many actions that are a far cry from virtuous). The combination of text and image do not only lead to possible stories, but also makes me muse about the history that has spawned us in the here and now, and about the now and tomorrow in which my children will have to make their own way.

And finally, there's the text at the bottom: 'An idea is when the brain smiles'. A beautiful

← 4

Jan De Clerq over het werk van Barbara Bloom:

Mijn oog is op het werk gevallen omwille van de volgende redenen:
De veelheid aan elementen die in het werk aanwezig zijn en stimulerend op elkaar inwerken.

Eerst is er het beeld:
Het is een verwarrende foto waarop schijnbaar oude beelden die een soort mythische figuren voorstellen in een parkomgeving liggen, waar plomverloren een bank voor werd geplaatst, en ook een schommel. De combinatie van de elementen in dit beeld, waarin veel voor mij herkenbare zaken steken (ik groeide op naast een kasteelpark met leeuwenbeelden aan de toegangspoorten, en heb nu kleine kinderen waarvoor een schommel in de tuin werd geplaatst) aanzetten tot denken over de mogelijke geschiedenissen die tot beeld leidden.

Vervolgens is er de titel bovenaan: 'Form and virtue', twee woorden die de foto eronder een vreemde lading geven, vorm ja, maar waarom deugdzaamheid? En onwillekeurig is er die relatie met de schommel (jonge kinderen nu nog onschuldig, dus deugdzaam) en de heel oude beelden (deels symbool voor historische grootsheid die er enkel kon komen door tal van daden die haaks staan op deugdzaamheid). De combinatie van tekst en beeld leidt dus niet enkel naar mogelijke verhalen, maar doen me ook mijmeren over de geschiedenis die ons hier en nu heeft voortgebracht, en het nu en morgen waarin ook mijn kinderen zich een weg zullen moeten banen.

En tenslotte is er de tekst onderaan:
'An idea is when the brain smiles'.
Op zich een prachtig statement dat me doet glimlachen, en dat in combinatie met het beeld en de tekst erboven opnieuw andere deuren opent.

statement in itself that makes me smile, and that, in combination with the text and image above in turn opens new doors.

Where is the work?:

The work hangs on a wall in a house where a whole range of works of various dimensions hang together, *à l'italienne*. It has been positioned in between *Demonstrar IV*, by the Spanish artist Ignasi Aballi, and a photograph by Robert Mapplethorpe. In *Demonstrar* Abballi shows, and thus decontextualises, the display of images of people who show something that have been cut out of newspapers, in such a way that you can get to work yourself and imagine an accompanying story. The word 'virtue' next to the torso of a black man, shot by Mapplethorpe (a gentleman who towards his parents and himself had issues with the notion of virtue), a torso that seems to me rather a leather mask, in which the nipples are eyes and the navel a mouth, and that only reveals on further inspection that the shadow in the middle has the shape of the American statue of liberty. Underneath the work are also a Pistoletto mirror portrait and a Cindy Sherman photograph. The entire wall has as its leitmotiv the many questions connected to 'identity': who am I, and beyond that, who are we?

← **15**

S.R. on 'Passport' by Jens Haaning (July 2010):

My grandfather was stateless. I have three passports. And now I have four. The last one belongs to Jens Haaning, and is an art work, but, to my knowledge, still a legal document. So, four passports. An issue or fascination with nationality, which I share with the artist.

Waar hangt het werk:
Het werk hangt aan een wand in huis, waar 'à l'Italienne' een reeks werken van wisselend formaat hangen. Het werd tussen het werk 'Demostrar IV' van de Spaanse kunstenaar Ignasi Aballí en een foto van Robert Mapplethorpe geplaatst. Aballí toont in Demostrar het tonen, en decontextualiseert uit kranten geknipte beelden van personen die iets tonen zo, dat je zelf aan de slag moet om er een mogelijk verhaal bij te doen horen. Het woord 'virtue' vlak naast het torso van een zwarte man gefotografeerd door Mapplethorpe (een heerschap dat naar zijn ouders toe en met zichzelf in de clinch lag met het begrip deugdzaamheid), een torso die voor mij eerder een lederen masker is waarbij de tepels ogen zijn en de navel een mond, en waar bij nadere beschouwing de schaduw op het middendeel de vorm van het Amerikaanse vrijheidsbeeld heeft. Onder het werk hangen vervolgens ook nog een spiegelportret van Pistoletto en een foto van Cindy Sherman. De gehele muur heeft als leitmotiv de vele vragen verbonden met 'identiteit': wie ben ik en ruimer wie zijn wij?

← 15
S. R. over 'Passport' van
Jens Haaning (23 februari 2010):

Mijn grootvader was stateloos. Ik heb drie paspoorten. En nu vier. De laatste van Jens Haaning, als kunstwerk, maar, naar mijn weten, ook nog steeds een legaal document. Vier paspoorten dus. Een nationaliteits-stoornis, of fascinatie, die ik met de kunstenaar deel.

Een document is slechts een document. Voor documenten als paspoorten bestaat een vaste prijs, die ik, ter ondersteuning van de Appel, grof overschreden heb, omdat het niet meer het document als zodanig is. Haaning

A document is merely a document. Documents such as passports can be bought for a standardised price, which, in support of de Appel, I happily overpaid, as it is not the document it used to be. By donating his passport to 'Take the Money and Run', Haaning abandoned his Danish nationality (briefly, I presume?) With this gesture he changed the value and meaning of the document.

The piece matches the exhibition perfectly. I imagined a large escape or smuggling operation, where a passport is a necessity to save people (or institutions in this case) from a difficult national situation. I wish my grandfather had had that possibility in his time to get a nationality. But I am making it up for him. I even have a passport as art.

← 19, 24

David Tomas: To buy a work at auction and to display it in one's home

• To think the words 'ownership' and 'collection' in an intimate and 'domestic' manner in order to insist on the pertinence of *living in continuous dialogue with the artefact's knowledge matrix*, as opposed to simply contemplating it within an institutional frame of reference, or in term of social prestige, cultural capital or private pleasure.

• To think of 'domestic' in a way that escapes the constrictions of 'domestication.'

• To spend a portion of one's time exploring auction catalogues and other sources with the objective of identifying and collecting relevant objects to experiment with these ideas in a domestic space.

heeft met het schenken van zijn paspoort aan 'Take the Money and Run' afstand gedaan van het bewijs dat hij de Deense natie toebehoort. Deze geste -met het paspoort als bewijs- verandert de waarde en betekenis van het document.

Haanings' werk paste perfect bij de tentoonstelling: ik stelde me een grote reddings/vlucht/smokkel-actie voor, waarbij het paspoort noodzakelijk is, om mensen (of instanties - in dit geval) te redden uit een slechte nationale situatie. Had mijn grootvader die mogelijkheid ook maar gehad om zo aan een nationaliteit te komen. Maar ik maak het goed voor hem. Ik heb nu zelfs een paspoort als kunst.

←19, 24
David Tomas: Een werk op een veiling kopen en het in huis tentoonstellen

• Niet binnen een instituut of als sociaal prestigemiddel, cultureel kapitaal of privé-genot, maar binnen de intieme en 'huiselijke' sfeer over de woorden 'eigendom' en 'collectie' nadenken om per se *in voortdurende dialoog te willen staan met artefacten van de kennis-matrix*.

• Nadenken over 'huiselijk' op een manier dat het aan de beklemming van 'domesticering' ontsnapt.

• Een deel van je tijd besteden aan het doorzoeken van veilingcatalogi en andere bronnen met de bedoeling relevante onderwerpen te vinden en te verzamelen om in een huiselijke omgeving met deze noties te gaan experimenteren.

I
• Een interessante verkoopcatalogus van Christie's Amsterdam tegenkomen waarin een gedeelte de indruk geeft kritiek op de veiling te willen geven door werken die kunnen leiden tot nieuwe anti-institutionele manieren

I

• To come across an interesting catalogue for a sale at Christie's, Amsterdam, a section of which seems to propose a critique of the auction through works that might also open up new anti-institutional ways of collecting and presenting works of art.

• To examine the catalogue in detail.

• To note the tensions between the catalogue design and the objectives of the auction and works to be sold.

• To isolate three works that appear to operate in a more complex manner than the rest insofar as they raise questions about the relationship between the circulation of art works in the art world, its institutional economy, their collection and presentation in other non-institutional spaces.

• To arrange for a telephone bid for these works.

II

• To successfully bid on two lots.

• To drop out of the bidding for the third one owing to a last minute intuition about the work's relevance to the theoretical and practical objectives of *living in continuous dialogue with the artifact's knowledge matrix.*

III

• To receive the works.

• To examine the works.

• To choose the most appropriate method of presentation given the particularity of the auction, each art work's theoretical and practical mode of engagement with this event, and the fact that they can only be presented in a domes-

van het verzamelen en presenteren van kunstwerken.

• De catalogus in detail bestuderen.

• De frictie op te merken tussen het ontwerp van de catalogus, de doelstelling van de veiling en de werken die verkocht moeten worden.

• Drie werken uit te kiezen die op een complexere manier dan de overige vragen lijken op te roepen over de relatie tussen hoe kunstwerken in de kunstwereld circuleren, het beheer van instituten en de collectie en presentatie van instituten op andere niet-institutionele locaties.

• Een telefonisch bod op deze werken regelen.

II

• Op twee veilingnummers met succes bieden.

• Voor het derde veilingnummer als bieder uitschrijven door op het laatste moment te twijfelen aan de relevantie van het werk i.v.m. *in voortdurende dialoog te willen staan met artefacten van de kennis-matrix.*

III

• De werken ontvangen.

• De werken nauwkeurig bekijken.

• Voor de meest adequate manier van presentatie kiezen rekening houdend met het uitzonderlijke karakter van de veiling en de theoretische en praktische manier waarop de werken zich tot dit event verhouden, en het feit dat zij alleen in een huiselijke omgeving gepresenteerd kunnen worden als ze rekenschap geven van hun *continue* relatie met de veiling en haar sociaal-economische en culturele functies.

• De presentatiewijze aanpassen zodat het verplaatsbaar is en in een goede verhouding staat tot de huiselijke omgeving.

6/MAY/09
ART MARKET IN THE RED. THE ART MARKET IS SUFFERING SEVERELY BECAUSE OF
THE FINANCIAL CRISIS. DURING THE FIRST THREE MONTHS OF THIS YEAR,
PRICES HAVE IN GENERAL DECREASED BY 10 PER CENT, ACCORDING TO FIGURES
PRESENTED BY ARTPRICE, WORLD LEADER IN INFORMATION ABOUT THE ART MARKET.
LAST YEAR THE PRICES DECREASED BY 30 PER CENT.
WWW.PAROOL.NL

tic space in such a way as to acknowledge their *continuing* relationship with the auction and its socio-economic and cultural functions.

• To adjust the display so that it is also relative and mobile within a domestic space.

IV

• To display the works in order to activate a dialogue with each one.

• To enter into a dialogue with these works on their own terms but also in terms of the auction that created their possibilities of existence.

← 22

Xander Karskens (curator Frans Hals-museum, De Hallen Haarlem) about Tomo Savić-Gecan's work (email 10 February 2010):

Tomo's work has been acquired for the museum's collection and has been entered into our database under inventory number MVAR 2009-17.

As it concerns an immaterial work, it doesn't have a location. It roams around the collection like a ghost.

We want to activate the work when we can let that coincide with an adjustment to our museum entrance, but a concrete date for this hasn't been fixed yet. Unfortunately I won't be able to tell you more about. I will get in touch with Tomo about that in due course – I haven't done so thus far.

IV

• De werken presenteren zodat met elk van hen een dialoog wordt gestimuleerd.

• Met deze werken een dialoog aangaan zowel op hun eigen voorwaarden, als in verband met de veiling die hun bestaan mogelijk heeft gemaakt.

← 22

Xander Karskens (conservator Frans Halsmuseum, De Hallen Haarlem) over het werk van Tomo Savić-Gecan (email dd. 10 februari 2010):

Het werk van Tomo is opgenomen in de museumcollectie en geïnventariseerd in onze database, onder inventarisnummer MVAR 2009-17.

Aangezien het een immaterieel werk betreft, heeft het geen standplaats. Het waart als een geest door de collectie.

We willen het werk 'activeren' als we dat kunnen laten samenvallen met een aanpassing van onze museumentree, die echter nog steeds geen concrete datum heeft. Daar kan ik je dus helaas weinig meer over vertellen. Ik zal tezijnertijd ook contact met Tomo daarover opnemen – dat heb ik tot op heden nog niet gedaan.

Opening 'Take the Money
and Run' Brouwersgracht 196
Amsterdam May 2, 2009

TAKE...
THE EXHIBITION
AND RUN

Nell Donkers

Almost all printed material from de Appel's early days used the economical A4 size. Invitations could be gathered by their recipients in a specially designed A4 file. Many works and performances have left behind not much more than a couple of sheets of paper with situation sketches or budget outlines. With regards to the environment and to reduce costs, concepts and minutes were written down on the back of leftover previously printed invites. Even the official announcement by Wies Smals – *'de appel' starts on April 4, 1975.* – fits onto one side of A4:

> *'de appel' is a kind of gallery on the basis of a foundation. Its main purpose is to bring about a confrontation between the public and that specific form of art which concerns the making and showing of environments, situation art and performances.*

Documenting was not a priority: what mattered was the experience, the being there, the experiment and the here and now. The events in de Appel's history live on through the stories told by those who were 'there', as trains of thought in the minds of those who've heard those stories and pass them on. I had heard about the

TAKE...
THE EXHIBITION AND RUN

Nell Donkers

Het drukwerk uit de beginjaren van de Appel maakt gebruik van het economisch voordelige A4-formaat. De ontvanger kon uitnodigingen bewaren in een speciaal daarvoor ontworpen A4-doos. Van veel werken en performances is niet meer overgebleven dan een paar velletjes papier met een kleine situatieschets of een kostenrijtje. Met het oog op het milieu en om de kosten te drukken werden conceptteksten en notulen geschreven op de achterkant van eerder overgebleven A4-uitnodigingen. Ook de officiële aankondiging van Wies Smals -*'de Appel' start op 4 april 1975*- past op één A4.

> *'de appel' is een soort galerie in stichtingsvorm, met als belangrijkste doel een konfrontatie tot stand te brengen van het publiek met speciaal dat deel van de beeldende kunst dat zich toelegt op het maken en tonen van environments, situatiekunst en performances.*

Het documenteren had geen voorrang, het ging om de beleving, het meemaken, het experiment, het nu. De gebeurtenissen in de geschiedenis van de Appel leven voort door de verhalen die verteld worden door mensen die 'er'

'Take the Money and Run' project that Colen Fitzgibbon and Robin Winters did in 1977, in which they took the innocently waiting audience members' money and personal properties, well before I knew about de Appel's existence.

Because of de Appel's impending move from the Nieuwe Spiegelstraat to the Damrak, the organisation's by now vast archive was packed up in March 2009. The three of us* discussed the significance of the library, the works in the non-existent collection and de Appel's archive. Between walls of packed boxes, which looked like an unbeatable fortress even to experienced removers, consisting of sky-high piles of work, catalogues, correspondence and pictures, we decided to organise an exhibition within the context of the 'Two in One' auction. An exhibition that would acknowledge de Appel's conceptual, non-commercial, and possibly un-sellable history, within the bastion of supply and demand. The conceptual works on A4 that would be part of 'Take the Money and Run' would pop up like gargouilles at the auction. They would question the art market and the notion of value, and become part of the unavoidable 'valuation' during the bidding at Christie's.

May 2009. Full of pride we cycled down to the Brouwersgracht with a packet of A4 sheets and a tube under our arms. These contained all the works made especially for 'Take the Money and Run', contributed by thirty generous artists. A wonderful feeling: cycling through the city with great ideas, visionary plans and expansive thoughts.

waren, als gedachtestromen door de hoofden van de mensen die deze getuigenissen gehoord en weer verder verteld hebben. Van het project "Take the Money and Run" van Colen Fitzgibbon en Robin Winters in 1977 waarin ze het braaf afwachtende performancepubliek hun geld en persoonlijke eigendommen afhandig maakten, had ik al gehoord voordat ik van het bestaan van de Appel afwist.

In maart 2009 werd, wegens de op handen zijnde verhuizing van de Nieuwe Spiegelstraat naar het Damrak, het intussen omvangrijke archief van de Appel ingepakt. Met zijn drieën* bespraken we de betekenis van de bibliotheek, de werken in de niet-bestaande collectie en het archief van de Appel. Tussen torenhoge muren van ingepakte dozen, zelfs voor professionele verhuizers een bijna onneembare vesting van stapels met catalogi, correspondentie en foto's besloten we een tentoonstelling binnen de veiling "Two-in-One" te organiseren. Een tentoonstelling die de conceptuele, niet-commerciële en wellicht onverkoopbare voorgeschiedenis van de Appel zou benadrukken, middenin het bastion van vraag-en-aanbod. De conceptuele werken op A4 van 'Take the Money and Run' zouden als gargouilles opduiken in de veiling. Ze zouden de kunstmarkt en het begrip 'waarde' bevragen en onderdeel zijn van de onvermijdelijke "waardering" tijdens het bieden bij Christie's.

Mei 2009. Trots gingen we op de fiets naar de Brouwersgracht met onder onze arm een pakket met A4-tjes en een koker. Dit waren alle werken speciaal gemaakt voor 'Take the money and run', door dertig genereuze kunstenaars. Een geweldig gevoel, om met goede ideeën, visionaire plannen en verruimende gedachtes door de stad fietsen.

Take... dacht ik nog...

Take... I thought...

A van had to bring over a hammer, nails, drills, a computer and furniture. The space at the Brouwersgracht, where de Appel had started originally, had to be emptied, secured, painted, been given signage and heated. The parameters needed for the occasion: an entrance, a cloak-room, eye height, climate control, silence. The works' unit weight was far lighter than that of all the facilitating conditions. Until the moment when all the equipment was cleared up: the works' weight had remained the same, but their value had increased.

Following the exhibition, the A4 sheets are no longer necessary; at the end of the day they've been auctioned and sold, but they remain as trains of thought. 'Take the Money and Run'. Take... the exhibition and run. By bike, through the city, everywhere. The great ideas, the visionary plans and expansive thoughts resonate in the mind of those who where there.

Amsterdam, September 2010

* Danila Cahen, Edna van Duyn en Nell Donkers

Later moest er een vrachtauto worden ingezet om hamer, spijkers, boor-machine, computer en meubilair te brengen. De ruimte op de Brouwers-gracht waar de Appel begonnen is, moest leeg, beveiligd, geschilderd, beletterd en verwarmd worden. De ge-legenheidsscheppende parameters; de entree, de garderobe, de ooghoogte, het klimaat, de stilte. Het soorte-lijk gewicht van de werken was veel lichter dan dat van de facilitaire randvoorwaarden. Dit leek zo tot aan het moment dat alle benodigdheden waren opgeruimd en de tentoonstel-ling ingericht was. Het gewicht bleef gelijk maar de waarde van de werken nam toe.

Na de tentoonstelling zijn de A4-tjes niet meer nodig, ze zijn overigens geveild en verkocht, maar als ge-dachtestroom gaan ze mee. 'Take the Money and Run'. Take... the exhibition and run. Op de fiets, door de stad, overal. De goede ideeën, visionaire plannen en verruimende gedachtes fluc-tueren in het hoofd van de getuigen.

Amsterdam, september 2010

* Danila Cahen, Edna van Duyn en Nell Donkers

Opening 'Take the Money
and Run' Brouwersgracht 196
Amsterdam May 2, 2009

20/MAY/09
REFURBISHMENT OF THE RIJKSMUSEUM'S MAIN BUILDING IN AMSTERDAM WILL COST 158 MILLION EUROS.
THE MOST EXTENSIVE PART OF THE WORK WILL BE EXECUTED BY BUILDING CONTRACTOR J.P. VAN
EESTEREN. THEIR ESTIMATE WAS 87 MILLION EUROS LOWER THAN THAT OF THE BAM GROUP.
WWW.PAROOL.NL

AN IDEA IS HOW
THE BRAIN SMILES

Edna van Duyn

'Take the Money and Run' had the double impact that was secretly hoped for: good financial returns that will go towards our new building and an exciting contribution to the current discourse on the economic and symbolic value of artworks, culminating in the auctioneer's performance.

Today's instable times as a result of the financial crisis and de Appel's homelessness started a process that led to the creation of new works of art. Daniel Buren's exemplified a correct answer to the questions posed by the invitation to contribute work. According to Buren, the value of art must be understood as the economic one that is only created when it is sold. *Concepts are sold every day. But, in the art world for a concept to be sold it must have a kind of a shape, a form and looks like a visual object, even if it is a mere piece of paper with a few words on it.*

Lawrence Weiner was the first in submitting his work, and in doing so he gave us the good spirit to continue this project; his confronted the viewer with *catch as catch can* next to *From Peter to Paul*, which conjured associations of standing at the gates of heaven, morally ques-

'EEN IDEE IS EEN GLIMLACH
VAN HET BREIN'

Edna van Duyn

Het project 'Take the Money and Run' had een onverhoopt tweeledig effect: een goede opbrengst voor de renovatie van het nieuwe Appel gebouw en een interessante bijdrage aan het huidige discours over de economische en symbolische waarde van kunstwerken, een bijdrage die succesvol escaleerde in een optreden van de veilingmeester met zichzelf als object.

De recente financiële crisis en het zoeken naar een nieuw onderkomen voor de Appel maakten een proces los dat leidde tot nieuwe kunstwerken.

De door Daniel Buren ingezonden bijdrage beantwoordde letterlijk en figuurlijk aan de vragen van de uitnodiging. Volgens Buren moet de waarde van kunst als puur economisch worden opgevat en ontstaat de waarde als het werk wordt verkocht. "Concepten worden dagelijks verkocht. Echter om in de kunstwereld een begrip te verkopen moet het een soort vorm hebben, een vorm die eruit ziet als een visueel object, ook al is het slechts een stukje papier met enkele woorden erop."

De reactie van Lawrence Weiner kwam met kerende post en zijn werk gaf een enorme impuls aan het project. Hij confronteerde de kijker met 'catch as

22/MAY/09

MONEY STOLEN FROM THE BKVB FUND SHOWS UP IN ACCOUNT IN TIROL. THE MAIN PART OF THE 15.5
MILLION EUROS CLEMENS K. HAS STOLEN FROM THE FUND FOR VISUAL ART, DESIGN AND ARCHITECTURE
(BKBV) APPEARS TO HAVE BEEN FOUND IN THE BANK ACCOUNT IN THE TIROLER VILLAGE WAIDRING.
K. (40) WAS THE FUND'S HEAD OF FINANCE. HE HAS BEEN SACKED AND IS NOW ON THE RUN.
WWW.VOLKSKRANT.NL

tioning right or wrong, and in a light-hearted way making the institution conscious of its current position in deciding how to survive.

Maria Barnas composed a letter on that size which contained the invitation to a future correspondence with the buyer of her proposal. In the presentation at the Brouwersgracht, where de Appel was originally launched in 1974, the conceptual aesthetics of the sheets of paper, framed as modestly as possible, hanging on the white painted brick walls, became contemporary reminisce about the organisation's beginnings. In the early 1970s (in the slipstream of conceptual art) Wies Smals stepped out of the commercial gallery world – although her gallery Seriaal had already focused on accessible art in editions – and started an organiation with private money that aimed to give visitors the opportunity to participate in and experience performance and media-based art. These ephemeral works were usually mystical bodies of which little remained.

The opening of 'Take the Money and Run' was attended by many young artists such as Tomo Savić-Gecan, Ahmet Öğüt and Maria Barnas. Also present were witnesses of the first hour, like Ulay, Aggy Smeets and Antje von Graevenitz, as well as Harrie de Kroon who, with his alternative search engine, the [wdiggie], supplied us with a 1970s spirit that has survived into the twenty-first century in the form of a playful and at the same time serious reshaping of a behemoth like Google. The opening's 250 visitors, the beautiful weather and the live flashbacks provided an atmosphere of cheerful reunion and a look at de Appel's

catch can' en 'van Peter naar Paul', waarmee hij op een luchtige manier de positie van een kunstencentrum dat moet overleven en vervolgens aan de poort van de hemel geconfronteerd wordt met de vraag of hij/zij moreel goed of fout handelt, inzichtelijk maakte.

Het werk van Maria Barnas bestond uit een brief op een A4 met een uitnodiging tot een op te starten correspondentie met de koper van haar voorstel. Door de presentatie op de Brouwersgracht, de geboorteplaats van de Appel in 1974, en door middel van de conceptuele esthetiek van velletjes papier, die zo bescheiden mogelijk op de wit geschilderde bakstenen muren waren opgehangen, werden herinneringen aan het begin van de Appel opgeroepen. In de vroege jaren zeventig (in het kielzog van de conceptuele kunst) stapte Wies Smals uit de commerciële galeriewereld - ofschoon haar galerie Seriaal al gericht was op toegankelijke kunst in betaalbare edities - en begon zij een instituut met particulier geld om kunst te presenteren aan bezoekers die performances en video's konden bijwonen. Deze werken waren van conceptuele en kortstondige aard.

De opening van 'Take the Money and Run' werd bijgewoond door vele jonge kunstenaars in het gevolg van Tomo Savić-Gecan, Ahmet Öğüt en Maria Barnas. Ook aanwezig waren getuigen van het eerste uur, zoals Ulay, Aggy Smeets en Antje von Graevenitz, evenals Harrie de Kroon, die met zijn alternatieve zoekmachine, de [wdiggie] in de geest van de jaren '70 ons in de 21ste eeuw in de vorm van een speelse en tegelijkertijd serieuze hervorming van een kolos als Google gaf. De 250 bezoekers van de opening zorgden met het mooie weer en de live flashbacks voor een sfeer van een vrolijke hereniging en een blik op de nieuwe toekomst van de Appel, met haar

new future, with its new building being a topic of speculation and discussion.

In Barbara Bloom's work the viewer's interest was triggered through the strap-line *An idea is how the brain smiles*, which still sounds like the perfect poetic title for the entire project, by emphasising one of its main targets: presenting art as an enrichment of experience and imagination.

During the process of realising 'Take the Money and Run' we were in touch with Aernoud Bourdrez, a lawyer specialised in intellectual copyright, who pointed out to us the difference between the *Corpus Mysticum* and the *Corpus Mechanicum* – the respective spiritual and physical elements of an art work – which strengthened our intention to ask for conceptual works on A4-sized sheets of paper, containing proposals for new works.

In Apolonija Šušteršič's work the architectural requirements for the new location were transformed into thousands of A4 sheets, each representing 0.06237 m^2, a share in the total floor space of the new building divided into different functions. Because of the site-specific nature of Šušteršič's work, the interaction between the real estate market and the art market was represented and thanks to de Appel's board member Suzan Oxenaar the 'anti-gentrification' work is now part of de Appel's collection.

How applicable the questions were that we sent out to the artists became apparent in the reactions of YOUNG-HAE CHANG HEAVY INDUSTRIES and Marlene Dumas, both of whom referred to the invitation to the artists.

nieuwe gebouw als onderwerp van speculatie en gesprek.

In het werk van Barbara Bloom werd de kijker geprikkeld door de ondertitel 'Een idee is een glimlach van het brein'. Dit klonk als de perfecte poëtische benaming van het project doordat het de nadruk legde op één van de belangrijkste doelstellingen: een presentatie van kunst als een verrijking in ervaring en verbeelding.

Tijdens het proces van het maken van 'Take the Money and Run' waren we in contact met Aernoud Bourdrez, een advocaat die gespecialiseerd is in eigendomsrecht en ons wees op het verschil tussen het *Corpus Mysticum* en *Corpus Mechanicum*, de respectievelijke geestelijke en fysieke elementen van een kunstwerk. Dit gegeven versterkte het idee om conceptuele werken op A4-papier met voorstellen voor nieuwe werken te presenteren.

In het werk van Apolonija Šušteršič werden de architectonische eisen voor de nieuwe locatie omgezet in duizenden A4 vellen papier, die elk een oppervlakte vertegenwoordigen van 0,06.237m^2. In het site-specific werk van Šušteršič werd de interactie tussen de vastgoedmarkt en de kunstmarkt gerepresenteerd en dankzij een bestuurslid van de Appel, Suzanne Oxenaar, maakt dit 'anti-gentrification' werk nu deel uit van de collectie van de Appel.

Hoe toepasselijk de vragen die we verstuurden, kunnen zijn, bleek duidelijk uit de reacties van YOUNG-HAE CHANG HEAVY INDUSTRIES en Marlene Dumas, die beiden verwezen naar de aanpak van de kunstenaar. Zij herinnerden aan Weiner, 'catch as catch can' en met de tekst 'Zij betaalt u om te zien wat anderen niet zien, te doen wat anderen niet doen', zette YOUNG-HAE CHANG HEAVY INDUSTRIES vraagtekens bij het beeld van de kunstenaar van nu. Christie's koos dit werk als afbeelding op de uitnodiging in de verwachting dat het publiek de

27/MAY/09

SUPERFLEX'S ARTWORK FOR ONE DAY SCULPTURE INVOLVES THE EMPLOYEES OF AUCKLAND'S
KARANGAHAPE ROAD BRANCH OF THE ANZ BANK. FOR A SINGLE DAY, WEDNESDAY 27 MAY 2009,
09.00 – 16.30, ALL EMPLOYEES OF THE BANK CANNOT SAY OR USE THE WORD 'DOLLARS'.
THE STAFF MUST USE OTHER WORDS OF THEIR OWN CHOICE TO EXPLAIN THEMSELVES TO CUSTOMERS AND
CO-WORKERS. IF THEY BREAK THIS PACT THEY MUST PAY A FINE OF $1 INTO A STAFF SOCIAL FUND.
WWW.ONEDAYSCULPTURE.ORG.NZ

Reminding one of Weiner, *What's the catch, there is no catch* and *They pay you for seeing what others don't see, doing what others don't do,* Young Hae questioned the image of the artist now. Christie's chose this work for their invitation and it was hoped that the public would get the double meaning of the text.

Marlene Dumas, an artist who has one of the most successful relations with the international art market, generously submitted a handwritten statement in which she pointed out that it is not evident that artists always respond to the needs of *To whom it may concern* and that she sometimes doesn't feel like pleasing at all.

There were only a few artists who liked the concept, but in the end did not contribute: in some cases it was because of time constraints, in others because they had in the past already donated many works to art institutions and didn't at that moment feel the need to question that practice.

Mladen Stilinović, who worked with de Appel at the Brouwersgracht in 1979, supported the project with an existing work, therefore deviating from the A4 concept, from his series of off-white painted pillow cases with red painted texts on it. One of these says I am selling and another I am selling Duchamp. When he gave us this work during his opening in Antwerp at Extra City, it was an offer we couldn't refuse.

The actual response to our invitation sent out in January was so quick and positive that when Ad Petersen and Thea Houweling consented to a unique resurrection of de Appel at the Brouwersgracht, this involved not only a

dubbele betekenis van de tekst zou vatten,

Marlene Dumas, die één van de meest succesvolle relaties met de kunstmarkt heeft, schreef met de hand een verklaring waarin ze erop wees dat het niet evident is dat kunstenaars altijd beantwoorden aan de behoeften van *'Aan wie zulks aangaat,'* en dat het voldoen aan de vraag van de kijkers dus niet vanzelfsprekend is.

Er waren slechts enkele kunstenaars die niet ingingen op de uitnodiging ofwel vanwege tijdgebrek, of omdat zij in het verleden reeds vele werken aan kunstinstituten hebben gedoneerd en op dit moment de noodzaak niet voelden om hierop commentaar te geven.

Mladen Stilinovič, die in 1979 in de Appel op de Brouwersgracht werkte, ondersteunde het project met een bestaand werk, dat afwijkt van het A4 concept. Het was een werk uit zijn serie van gebroken witte kussenslopen met rode teksten erop geschilderd. Op de ene stond: 'I am selling' en de andere vertoonde de tekst: 'I am selling Duchamp'. Toen hij ons dit tweeluik gaf tijdens zijn opening in Extra City in Antwerpen, was dit werk het spreekwoordelijke 'aanbod dat we niet konden weigeren'.

De eerste reactie op onze uitnodiging was zo snel en positief gekomen dat toen Ad Petersen (en Thea Houweling) instemden met een eenmalige wederopstanding van de Appel op de Brouwersgracht, dit niet alleen een symbolische locatie betekende, maar ook een platform op intieme schaal, en er werden dan ook niet meer kunstenaars uitgenodigd. Er stond nog een groot aantal namen op het verlanglijstje. Om maar een paar te noemen: Dennis Adams, Stanley Brouwn, Moshekwa Langa, Douglas Gordon, Hans Haacke, Barbara Kruger.

We waren erg verrast door het werk van Meschac Gaba, die een performance bedacht voor zijn tweelingzonen van

10/JUN/09
VARIOUS REGIONAL AND LOCAL GOVERNMENT BODIES APPEAR TO
HAVE BEEN HIT BY FINANCIAL LOSSES BECAUSE THEY HAD INVESTED
MONEY IN SAVING ACCOUNTS WITH ICE SAVE. MEMBERS OF THE
PROVINCE COUNCIL OF NORTH-HOLLAND RESIGN.
WWW.NRC.NL

symbolic location but also an intimately sized one, which meant in practical terms that no more artists could be invited. There were still a lot on the wish list we hadn't approached yet, including Dennis Adams, Stanley Brouwn, Moshekwa Langa, Douglas Gordon, Hans Haacke, Barbara Kruger and many others.

We were very pleased with the work by Meschac Gaba, who asked his eight-year-old twin sons to execute a performance he conceptualised, in which they would make drawings and sell these as well to the audience to support de Appel. Alexandra van Dongen, their mother and curator of applied arts at Museum Boijmans-van Beuningen, was present to assist Johannes and Jonathan. In anticipation of the performance, the boys had indeed prepared some drawings in advance, and these sold well. The attention of the public was so overwhelming that they actually didn't make many drawings in the spur of the moment. Two of them were signed were signed and dated by the young artists and joined their father's diptych, including his statement on the auction.

Sven Augustijnen's work was difficult to comprehend at first. It is addressed to Sonia Dermience and says in French that he has prepared her return to the United States with a gun, bullets and parrots. Should she dress like an Indian? The intriguing text stuck in our minds and triggered our thoughts so much that we assumed that the imaginative value of this work was realised anyway. In line with the cheap printout of the email, economic and symbolic values were both covered. The same went for Liam Gillick's work, for which he used a

acht jaar oud, waarbij ze tekeningen zouden maken en deze ook aan het publiek zouden verkopen om de Appel ondersteuning te geven. Alexandra van Dongen, de moeder en conservator toegepaste kunst in Museum Boijmans-van Beuningen, was aanwezig om Johannes en Jonathan bij te staan. Voorafgaand aan de opening hadden de jongens wel degelijk een aantal tekeningen voorbereid en deze werden goed verkocht. De aandacht van het publiek was zo overweldigend, dat ze eigenlijk niet veel tekeningen ter plekke maakten. Twee tekeningen werden ondertekend en gedateerd door de jonge kunstenaars en gingen deel uitmaken van een tweeluik van hun vader dat een verklaring over de veiling bevatte.

Het werk van Sven Augustijnen was aanvankelijk moeilijk te plaatsen. Het was gericht aan Sonia Dermience en vermeldt in het Frans dat hij haar terugreis naar de Verenigde Staten met een pistool, kogels en papegaaien heeft voorbereid. Moest ze zich kleden als een Indiaan? De intrigerende tekst zette zich vast in onze gedachten en leverde daardoor zoveel verbeeldingskracht op dat de creatieve waarde van dit werk zich duidelijk bewezen had. In combinatie met de vorm van de goedkope uitdraai van een e-mail, waren zowel de economische als de symbolische waarde gedekt. Hetzelfde gold voor het werk van Liam Gillick waarvoor hij een middeleeuwse print gebruikte waarin 13 mensen rond een schotel zijn verzameld met het opschrift: 'Mmm Moneypie'.

Jens Haaning overtuigde ons met een bestaand werk, getiteld 'Passport', dat ingelijst in een houten frame is zodat niemand hem kan openmaken. Het bijbehorende certificaat vermeldde dat het paspoort nog steeds geldig is. Geloof, vertrouwen en verbeelding van de kant van de kijker en de toekomstige koper werden hierin vereist, en dit inspireerde de veilingmeester,

24/JUN/09
MINISTER PLASTERK ANNOUNCES: FROM 2013 ONWARDS CULTURAL
INSTITUTIONS THAT RECEIVE GOVERNMENT FUNDING WILL HAVE TO RAISE AT
LEAST 17.5% THROUGH OTHER INCOME STREAMS. OVER THE PERIOD 2013-2016
INSTITUTIONS WANT TO RAISE AN ADDITIONAL GROWTH IN REVENUE OF 4%.
WWW.RIJKSOVERHEID.NL

medieval print in which 13 people are gathered around a dish and titled it *mmm money pie.*

Jens Haaning convinced us with an existing work, *Passport*, framed in a wooden frame so no one could open it, and still valid, it said on the enclosed certificate. Requiring belief, trust and imagination on the part of the viewer and future buyer, it inspired the auctioneer, Arno Verkade, to especially recommend this work. The auctioneer excelled in his performance, which had been conceptualised by Christian Jankowski, during which he also auctioned his 'personal' belongings, his pocket square, tie, suit jacket, shoes, shirt, socks and shoes and finally, the auction hammer. A phone bidder asked if Verkade would auction his belt, but the performance was not meant to honour a fetish, but to deconstruct the principle of auctioning. The auction house specialists were also excited by Louise Lawler's work. *People who expressed interest for this work, also bid on the following:* would incorporate other works following the Amazon system on the Internet. Images from the Internet were appropriated by Dominique Gonzalez-Foerster in an A4 'diptych': an announcement for *Pickpocket, by Robert Bresson* juxtaposed with a modest text saying *underground needs your money baby.* Referring to money in an even more direct way was Maurizio Cattelan's cheque, promising to pay one dollar if it would be cashed – the proceeds were more than a thousand fold, prompting a lot of discussion during the show and most effectively illustrating the symbolic versus economic value of art. Reflecting on productivity in terms of time and energy, Dora

Arno Verkade, om dit werk extra aan te bevelen. Deze veilingmeester excelleerde in de performance bedacht door Christian Jankowski, waarin hij zijn 'persoonlijke' bezittingen zoals pochet, stropdas, colbert, schoenen, overhemd, sokken en schoenen en ten slotte zijn veilinghamer veilde. Een telefonische bieder vroeg of Verkade zijn broekriem zou veilen, maar de performance was niet bedoeld om fetisjes te eren, maar om onderliggende principes van een veiling te deconstrueren. De veilinghuisspecialisten waren ook enthousiast over het werk van Louise Lawler dat bestond uit de volgende tekst: "Mensen die interesse toonden voor dit werk, boden ook op het volgende:". Volgens het Amazon aankoopsysteem op internet werden de namen van de andere werken toevoegd. Afbeeldingen van internet werden gebruikt door Dominique Gonzalez-Foerster in een A4 'tweeluik': een aankondiging voor de film 'Pickpocket', van Robert Bresson en de tekst 'underground needs your money'. Met een nog directere verwijzing naar controle over geld beloofde Maurizio Cattelan één dollar uit te betalen als zijn persoonlijke bankcheque ondertekend en geïnd zou worden. De veilingopbrengsten waren meer dan duizend maal dit bedrag, en tijdens de tentoonstelling riep dit werk een hoop vragen op die erg effectief de symbolische versus de economische waarde van kunst illustreerden.

Dora García beschreef hoe productiviteit in termen van tijd en energie gereflecteerd kan worden: 'Today I wrote nothing. Doesn't matter.' García's werk bleek in de tentoonstelling te kunnen fungeren als een wezenlijke aanvulling op de voorgestelde correspondentie van Maria Barnas.

Een toekomstige inbreng door de nieuwe eigenaar van het werk, was een optie in de werken die Claire Fontaine

24/JUN/09

CHILDREN WILL NOT BE GIVEN FREE ENTRY TO MUSEUMS AFTER ALL. GIVEN THE
ECONOMIC CRISIS MINISTER RONALD PLASTERK (CULTURE) DOESN'T THINK IT
JUSTIFIABLE TO SPEND MONEY ON THIS, ALSO BECAUSE IT'S UNCERTAIN IF MORE
CHILDREN WILL ACTUALLY VISIT MUSEUMS.
WWW.PAROOL.NL

García actually wrote: *Today I wrote nothing. Doesn't matter.* García's work appeared to be a major complement to the by Barnas proposed correspondence.

Future activities of the owner were optional in the works that Claire Fontaine and Colen Fitzgibbon and Robin Winters submitted. Fontaine's proposal was that the future owner would construct a neon sign saying *This neon sign was made by Hans van Oostrum for the remuneration of two thousand, three hundred Euros.* The A4 showed the proposed size and positioning and a second A4 contained the estimate.

'Take the Money and Run' was inspired by the title that Fitzgibbon/Winters gave to their project at the Brouwersgracht in 1977, in which they isolated the audience after relieving them of their valuable personal property and then left the building, leaving the public in utter astonishment. The visitors didn't know that they would come back and return their property later. In July 2008 graphic designer Peter Bakker reminded me of this performance, which I personally didn't witness, but the mention of it in the current context more than thirty years after it had taken place prompted us to use it for the title and to invite them to participate in the project. Fitzgibbon/Winters proposed a drawing 'for the future' that will be made in consultation with the owner.

Partly through these retold stories, the early de Appel has become legendary. While works were being installed at the Brouwersgracht, Ad Petersen told us some apocryphal stories that complement its academically researched

en Colen Fitzgibbon & Robin Winters hebben ingediend. Fontaines voorstel was dat de toekomstige eigenaar een neonwerk zou laten bouwen: 'Dit neonbord wordt gemaakt door Hans van Oostrum voor de afgesproken vergoeding van twee duizend en driehonderd euro'. De A4 toonde de toekomstige omvang en de positionering van de neon en een tweede A4 bevatte de raming. Dit ontwerp maakte nieuwsgierig waar het zal worden uitgevoerd.

De titel 'Take the Money and Run' was geïnspireerd door het gelijknamig project van Fitzgibbon & Winters dat zij in 1977 in de Appel op de Brouwersgracht realiseerden. Ze ontdeden de aanwezigen van hun waardevolle, persoonlijke bezittingen en verlieten vervolgens het gebouw en lieten het publiek in grote verbazing achter. De bezoekers wisten niet dat de kunstenaars terug zouden komen en later hun bezittingen zouden teruggeven. In juli 2008 deed grafisch ontwerper Peter Bakker me denken aan deze performance, die ik zelf niet bijwoonde. Toen hij, na meer dan twintig jaar, vertelde wat er was gebeurd, leek het ons in de huidige context erg geschikt als titel en hebben we hen uitgenodigd om deel te nemen aan dit project. De kunstenaars stelden een tekening 'voor de toekomst' voor die in overleg met de eigenaar zal worden gemaakt.

Mede door dit soort mondeling overgeleverde verhalen, is de beginperiode van de Appel bijna legendarisch geworden. Toen de werken op de Brouwersgracht werden opgehangen, vertelde Ad Petersen nog een aantal apocriefe verhalen die de academische geschiedenis en de mythen die ontstonden rond het ongelukkige verlies van Wies en Josine, aanvulden. Tijdens de opbouw van de tentoonstelling hadden Ad Petersen, de voormalige conservator van het Prentenkabinet van het Stedelijk Museum Amsterdam en zijn vrouw, Stedelijk Museum collega

AUCTION 'TWO IN ONE': BIG SUCCESS. THE MUCH TALKED ABOUT AUCTION 'TWO IN ONE' TOOK PLACE ON WEDNESDAY
EVENING: A BENEFIT AUCTION OF OVER 100 WORKS BY RENOWNED INTERNATIONAL CONTEMPORARY ARTISTS, ORGANISED
AS PART OF AN UNUSUAL COLLABORATION BETWEEN DE APPEL (AMSTERDAM), WITTE DE WITH (ROTTERDAM) AND
AUCTION HOUSE CHRISTIE'S (AMSTERDAM). HIGH EXPECTATIONS WERE MORE THAN EXCEEDED AS THE PROCEEDS
TOTALLED 443,456 EUROS. DE APPEL AND WITTE DE WITH WOULD FIRST OF ALL LIKE TO THANK ALL ARTISTS
WHO CONTRIBUTED FOR MAKING THIS AUCTION POSSIBLE. WITHOUT THEIR GENEROSITY AND ENTHUSIASM FOR BOTH
INSTITUTIONS THE PROJECT WOULD NEVER HAVE HAPPENED. THEY WOULD ALSO LIKE TO THANK ALL BUYERS FOR
THEIR INTEREST AND SUPPORT, AS WELL AS AUCTION HOUSE CHRISTIES FOR THIS SPECIAL COLLABORATION.
PRESS RELEASE DE APPEL

history and that could help edit the myths that have over time evolved around the unfortunate loss of Wies and Josine. (These stories should somehow be collected.) Ad Petersen, the former curator of the Print Collection of the Stedelijk Museum Amsterdam and his wife, Stedelijk Museum colleague Thea Houweling, were a pair of welcome extra eyes during the set-up of the presentation.

Ahmet Öğüt also promised a drawing if one would buy his A4 that says *To those who buy this A4 sheet of paper, I will give an A4 drawing as a gift.* Job Koelewijn implemented our request in his daily reading out loud of books, recording this on cassette tapes, which he has been doing since 2006. The meditative action requires a different attention and focus than one is used to in the daily flow of life. Koelewijn sort of amplified this reflective action by photograph-ing the tapes and the books and designing a banner on which his daily records are noted, illustrated by the covers of the books he's read. During the show one of his reading sessions happened in public, allowing the visitors to attend a concentrated reading by Koelewijn, alternating with myself, of the I Ching.

Nedko Solakov was one of the artists who donated a work for the regular auction and also generously participated in 'Take the Money and Run' by stating that a sentence, printed on normal A4 paper, including a spelling mistake and which is not signed by him, is a *potential to possibly accommodate a fresh idea for a suc-cessful art market strategy in the times of global crisis. Unfortunately the full stop in that sentence had just killed that potential, which is good for*

Thea Houweling, bovendien een frisse blik op de inrichting.

Ahmet Öğüt beloofde in zijn werk een tekening aan degene die de A4 kocht door te zeggen: *voor degenen die dit A-4tje papier kopen, heb ik een A4 tekening als geschenk.* Job Koelewijn implementeerde ons verzoek in zijn sinds 2006 dagelijks hardop lezen van boeken, een proces dat hij op cassettebandjes opneemt. Deze meditatieve handeling vereist een andere aandacht en concentratie dan gebruikelijk is in de dagelijkse stroom van het leven. Koelewijn ver-grootte deze reflectieve handeling uit door het fotograferen van de tapes en de boeken en ontwierp een banier waarop zijn dagelijkse opnamen zijn genoteerd die afgewisseld worden met afbeeldingen van de omslagen van de gelezen boeken. Tijdens de tentoon-stelling was een leessessie publiek toegankelijk en de bezoekers waren getuige van een geconcentreerde lezing van de I Tjing door Koelewijn en ondergetekende.

Nedko Solakov was één van de kunstenaars die een werk doneerden voor de reguliere veiling en boven-dien deelnam aan het 'Take the Money and Run' project door te verklaren dat een zin, gedrukt op normaal A4-papier, inclusief een spelfout en niet gesigneerd, 'de potentie draagt om eventueel te fungeren als nieuw idee voor een geslaagde kunstmarkt-strategie in deze tijden van mondiale crisis. Maar helaas verdwijnt de potentie door de punt achteraan de zin tenzij dit op zich waardeloos velletje papier naar een kunstvei-ling gaat'. Dit citaat van de geprinte tekst van Solakov maakte duidelijk dat hij op hetzelfde moment betrokken was bij de veiling door het doneren van een bestaand werk en dat hij zich terdege bewust is van de implicaties van een benefietveiling.

3/JUL/09
LAUNCH LISBON KUNSTHALLE. KUNSTHALLE LISSABON DEPARTS FROM THIS IDEA OF
THE GERMAN KUNSTHALLE AS A VENUE FOR TEMPORARY EXHIBITIONS, AND EXISTS
AS A HOAX, IN THE SENSE THAT DESPITE THE LANGUAGE OF ITS NAME, IT IS
NOT LOCATED IN A GERMAN-SPEAKING COUNTRY; ITS STRUCTURE, LOGISTICS,
STAFF, RESOURCES, ETC. ALSO HARDLY MEET THE EXPECTATIONS OF A TRADITIONAL
KUNSTHALLE, AS THEY ARE PERCEIVED AND RECOGNIZED PRESENTLY.
HTTP://KUNSTHALLE-LISSABON.ORG

the art market too, unless this sheet of useless paper goes to an art auction. This quotation from Solakov's text underlines that at the same time he is involved in the auction and shows that he is conscious of the implications and layers of reflection involved in being engaged in a charity auction.

Monica Bonvicini's work consisted of more than twenty sheets of tracing paper with titles in stencil repeating the word 'Run' from 'Take the Money and Run' in song titles, thus emphasising the running, floating and streaming element that money has ('Money has to be spent' or 'You can't take it with you when you die').

Spending money and the responsibility of how much art is valued, is what Tomo Savić-Gecan expressed in his text that was glued to the wall: Each gallery visitor sets the ticket price for the next visitor. In 2005 this idea was put into use in the 'On Mobility' show at de Appel. The purpose within the framework of 'Take the Money and Run' was just to have people think and talk about it, so the idea always remains the property of the artist.

Erick Beltrán focused on the physical quality of a sheet of paper, which is not worth anything in itself, but made into a ball and photographed in four ways and accompanied by a sheet of paper on which the 'cutting edges' are printed in a pattern, it symbolised the imaginary quality a concept can have.

'Take the Money and Run' was accompanied by an instruction in the work by Roman Ondák who on his A4 stated that the instruction for the work was to *Take the instruction and run.*

Het werk van Monica Bonvicini bestond uit meer dan twintig vellen papier met de gestencilde sporen van songtitels die het woord 'Run' van Take the Money and Run' bevatten. Ze benadrukte hiermee dat geld het drijvende en sturende element is ('Geld moet rollen' of 'Je kan geld niet meenemen in je graf').

Geld en de manier waarop kunst (monetair) wordt gewaardeerd, is wat Tomo Savić-Gecan uitdrukte in zijn tekst die zo simpel mogelijk was vastgelijmd aan de muur: "Elke tentoonstellingsbezoeker bepaalt de entreeprijs voor de volgende bezoeker." In 2005 werd dit idee al in gebruik genomen in de 'On Mobility' tentoonstelling in de Appel. Binnen het kader van 'Take the Money and Run' was het werk 'slechts' bedoeld om mensen erover te laten nadenken en praten, want het idee blijft altijd eigendom van de kunstenaar.

Erick Beltrán richtte zich op de fysieke kwaliteit van een vel papier, dat op zich niet veel waard is. Hij maakte het tot een prop, fotografeerde het op vier manieren en liet het vergezeld gaan van een vel papier waarop de 'snijranden' in een patroon gedrukt zijn. Het werk 'Endless failure crease pattern' symboliseerde de denkbeeldige kwaliteit dat een begrip kan hebben.

Aan 'Take the Money and Run' droeg Roman Ondák een instructie bij in de vorm van een A4 waarop stond dat het werk inhield dat de kijker de instructie moest volgen en vervolgens moest wegrennen. Het instituut, de curator en de kijker werden aangesproken, hoewel de instructie door henzelf uitgevoerd moest worden. Actie en reactie werden hier verschoven.

Het perspectief van subject en object werd in het werk van Sean Snyder duidelijk: *"The problem for the artist is not to know if the work of*

The institution, the curator and the viewer were addressed, although all had to think of an instruction themselves. Action and reaction shifted here. The perspective of subject and object was included in the work that Sean Snyder contributed: *The problem for the artist is not to know if the work of art should be considered as an object or as a subject. Since the two are inseparable.* And as if Snyder wants to advise the institution, the curator and the viewer, his statement ends with: *Give value to the commodity at hand. Redistribute the idea.* During the process a bond emerged with all the works, which will be seen again in public collections and in this publication displayed in private collections.

Time and again our brains smiled.

Amsterdam, June 9, 2009

art should be considered as an object or as a subject. Since the two are inseparable."

En alsof Snyder het instituut, de curator en de kijker wil adviseren, eindigt zijn verklaring met: "Give value to the composition at hand. Redistribute the idea."

Steeds opnieuw glimlachte ons brein.

Amsterdam, 9 juni 2009

1/SEP/09
THE HERMITAGE IN AMSTERDAM, WHICH OPENED IN
JUNE, SUFFERS FROM TEMPORARY LACK OF FUNDS.
THE LOCAL COUNCIL HAS REJECTED A REQUEST FOR A
TEMPORARY LOAN OF 2 MILLION EUROS.
WWW.VOLKSKRANT.NL

Viewing days/auction
Christie's, May 2009

13/SEP/09
IN AID OF THE CONTINUATION OF DE APPEL'S INTERNATIONAL PROGRAMME
AND THE REFURBISHMENT OF ITS NEW BUILDING THE SUPPORT CIRCLE
'BESCHERMVROUWEN VAN DE APPEL' [DE APPEL'S PATRON LADIES] IS LAUNCHED.
WWW.DEAPPEL.NL

TAKE THE MONEY AND RUN?
Can Political and Socio-critical Art 'Survive'?

Martha Rosler

The Art Workers' Coalition (AWC) demonstration
in front of Pablo Picasso's *Guernica* at MoMA in 1970.

Just a few months before the real estate market brought down much of the world economy, taking the art market with it, I was asked to respond to the question of whether 'political and socio-critical art' can survive in an overheated market environment. Two years on, this may be a good moment to revisit the parameters of such work (now that the fascination with large-scale, bravura, high-wow-factor work, primarily in painting and sculpture, has receded – if only temporarily).

Categories of criticality have evolved over time, but their taxonomic history is short. The process of naming them is itself frequently a method of recuperation, importing expressions of critique into the system being criticised, freezing into academic formulas what was originally conceived informally. In considering the long history of artistic production in human societies, the question of 'political' or 'critical' art seems almost bizarre; how shall we characterise the ancient Greek plays, for example? Why did Plato wish to ban music and poetry from his *Republic*? What was to be understood from English nursery rhymes, which we now see as benign jingles? A strange look in the eye of a character in a Renaissance scene? A portrait of a duke with vacant eyes? A popular print with a caricature of the king? The buzz around works of art is surely less now than when art was not competing with other forms of representation and with a wide array of public narratives; calling some art 'political' reveals the role of particular forms of thematic enunciation.[1] Art, we may now hear, is meant to

---

[1] To belabour the point: if medieval viewers read the symbolic meaning of a painted lily in a work with a Biblical theme, it was because iconographic codes were constantly relayed, while religious stories were relatively few. In certain late-nineteenth-century English or French genre paintings, as social histories of the period recount, a dishevelled-looking peasant girl with flowing locks and a jug from which water pours unchecked would be widely understood to signify the sexual profligacy and availability of attractive female Others. Art has meanwhile freed itself from the specifics of stories (especially of history painting), becoming more and more abstract and formal in its emphases and thus finally able to appeal to a different universality: not that of the universal church but of an equally imaginary universal culture (ultimately bourgeois culture, but not in its mass forms) and philosophy.

23/SEP/09
LAUNCH KUNSTVEREIN AMSTERDAM. KUNSTVEREIN IS A DOMESTIC FRANCHISE AND FUNCTIONING CURATORIAL
OFFICE THAT OFFERS PRESENTATIONS, LECTURES, SCREENINGS AND INDEPENDENT PUBLISHING. BY CREATING
A CRITICAL POOL AND EXPLORING PUBLIC-PRIVATE RELATIONSHIPS, KUNSTVEREIN REFLECTS UPON THE
MANNER IN WHICH CULTURAL PRACTICES ARE TRADITIONALLY ADMINISTERED. DUE TO ITS UNCONVENTIONAL
MAKE-UP IT ALLOWS ALTERNATIVE METHODS TO BE CONSIDERED IN TERMS OF PRESENTATION, HOSTING AND
EXHIBITION MAKING. SIGNIFICANTLY AND ULTIMATELY, KUNSTVEREIN AIMS TO CONTRIBUTE IN A NOVEL
FASHION TO THE CULTURAL SCENE IN AMSTERDAM, THE NETHERLANDS AND ABROAD.
HTTP://KUNSTVEREIN.NL

speak past particular understandings or narratives, and all the more so across national borders or creedal lines. Criticality that manifests as a subtle thread in iconographic details is unlikely to be apprehended by wide audiences across international borders. The veiled criticality of art under repressive regimes, generally manifesting as allegory or symbolism, needs no explanation for those who share that repression, but audiences outside that policed universe will need a study guide. In either case, it is not the general audience but the educated castes and professional artists or writers who are most attuned to such hermeneutics. I expand a bit on this below. But attending to the present moment, the following question from an intelligent young scenester may be taken as a tongue-in-cheek provocation rooted in the zeitgeist, reminding us that political and socio-critical art is at best a niche production:

> *We were talking about whether choosing to be an artist means aspiring to serve the rich… that seems to be the dominating economic model for artists in this country. The most visible artists are very good at serving the rich… the ones who go to Cologne to do business seem to do the best… She told me this is where Europe's richest people go…*

Let us pause to think about how art first became characterised by a critical dimension. The history of such work is often presented in a fragmented, distorted fashion; art that exhibits an imperfect allegiance to the ideological structures of social elites has often been poorly received.[2] Stepping outside the ambit of patronage or received opinion without losing one's livelihood or, in extreme situations, one's life, became possible for painters and sculptors only a couple of hundred years ago, as the old political order crumbled under the changes wrought by the Industrial Revolution, and direct patronage and commissions from the church and aristocrats declined.[3]

Vittore Carpaccio, *Two Venetian Ladies*,
c. 1490. Oil on Panel, 37" × 25"

Members of the ascendant new class, the bourgeoisie, as they gained economic and political advantage over previous elites, also sought to adopt their elevated cultural pursuits; but these new adherents were more likely to be customers than patrons.[4] Artists working in a variety of

○　○　○

[2] I am confining my attention to western art history. It is helpful to remember that the relatively young discipline of art history was developed as an aid to connoisseurship and collection and thus can be seen as au fond a system of authentication.
[3] By this I do not intend to ignore the many complicating factors, among them the incommensurability of texts and images, nor to assert that art, in producing images to illustrate and interpret prescribed narratives, can remotely be considered to have followed a clear-cut doctrinal line without interposing idiosyncratic, critical, subversive, or partisan messages, but the gaps between ideas, interpretations, and execution do not constitute a nameable trend.

[4] What has come to be known as the 'middle class' (or classes), if this needs clarification, comprised those whose livelihoods derived from ownership of businesses and industries; they were situated in the class structure between the landed aristocracy which was losing political power, and the peasants, artisans, and newly developing urban working class.

media and cultural registers, from high to low, expressed positions on the political ferment of the early Industrial Revolution. One might find European artists exhibiting robust support for revolutionary ideals or identifying with provincial localism, with the peasantry or with the urban working classes, especially in fairly ephemeral forms (such as the low-cost prints available in great numbers); smiling bourgeois subjects were depicted as disporting and bettering themselves while decked out in the newest brushstrokes and modes of visual representation. New forms of subjectivity and sensibility were defined and addressed in different modalities (the nineteenth century saw the development of popular novels, mass-market newspapers, popular prints, theatre, and art), even as censorship, sometimes with severe penalties for transgression, was sporadically imposed from above.

The development of these mass audiences compelled certain artists to separate themselves from mass taste, as Pierre Bourdieu has suggested,[5] or to waffle across the line. Artistic autonomy, framed as a form of insurgency, came to be identified with a military term, the *avant-garde*, or its derivative, the vanguard.[6] In times of revanchism and repression, of course, artists assert independence from political ideologies and political masters through ambiguous or allegorical structures – critique by indirection. Even manifestoes for the freeing of the poetical Imagination, a potent element of the burgeoning Romantic movements, might be traced to the

transformations within entrenched ideology and of sensibility itself as an attribute of the 'cultivated' person. The expectation that 'advanced' or vanguard art would be autonomous – independent of direct ideological ties to patrons – allowed for the privileging of its formal qualities. Drawing on the traditions of Romanticism, it also underlined its insistence on subjects both more personal and more universal – but rooted in the experiential world, not in churchly dogmas of salvation.[7] The poetic imagination was posited as a form of knowing that vied with materialist, rationalist, and 'scientific' epistemologies – one superior, moreover, in negotiating the utopian re-conception and reorganisation of human life.[8] The Impressionist painters, advancing the professionalisation of art beyond the bounds of simple craft, developed stylistic approaches based on interpretations of advanced optical theory, while other routes to inspiration, such as psychotropic drugs, remained common. Artistic avant-gardes even at their most formal retained a utopian horizon that kept their work from being simply exercises in decor and arrangement; disengagement from recognisable narratives, in fact, was critical in advancing the claims of art to speak of higher things from its own vantage point or, more specifically, from the original and unique point of view of individual, named producers. Following John Fekete, we may interpret the popularity of extreme aestheticism or 'art for art's sake' among tastemakers as a panicked late-nineteenth-century bourgeois response to a largely imaginary siege

○   ○   ○

[5] French sociologist Pierre Bourdieu is the most prominent theorist of symbolic capital and the production and circulation of symbolic goods; I am looking at 'The Market of Symbolic Goods', in *The Field of Cultural Production*, ed. Randal Johnson (New York: Columbia University Press, 1993). This article, a bit fixed in

its categories, sketches out the structural logic of separation.
[6] The first application of the term to art is contested, some dating it as late as the Salon des Refusés of 1863.
[7] Forms, rather than being empty shapes, carry centuries of Platonic baggage, most clearly seen in architecture; formal

innovation in twentieth-century high modernism, based on both Kant and Hegel, was interpreted as a search for another human dimension.
[8] In his *Biographia Literaria* (1817), the poet and theorist Samuel Taylor Coleridge famously distinguished between Fancy and Imagination.

from the political left.[9] But even such aestheti-cism, in its demand for absolute disengagement, offered the possibility of an opening to an implied political critique, through the abstract, Hegel-derived, social negativity that was later a central trope of the Frankfurt School, as exemplified by Adorno's insistence, against Brecht and Walter Benjamin, that art in order to be appropriately negative must remain autonomous and above partisan political struggles.

The turn of the twentieth century, a time of prodigious industrialisation and capital formation, witnessed population flows from the impoverished European countryside to sites of production and inspired millenarian conceits that impelled artists of every stripe to imagine the future. We may as well call this modernism. And we might observe, briefly, that modernism (inextricably linked, needless to say, to moder-nity) incorporates technological optimism and its belief in progress, while anti-modernism sees the narrative of technological change as a tale of broad civilisational decline, and thus tends to include a romantic view of nature.

Art history allows that in revolutionary Russia many artists mobilised their skills to work towards the socially transformative goals of socialist revolution, adopting new art forms (film) and adapting older ones (theatre, poetry, popular fiction, and traditional crafts such as sewing and china decorating, but in mechanised production), while others outside the Soviet Union expressed solidarity with worldwide revolution. In the United States and Europe, in perhaps a less lauded – though increasingly documented – history, there were proletarian and communist painters, writers, philosophers, poets, photographers . . .

Paul Strand, *Portrait – New York*, 1916. Platinum print

Photographic modernism in the United States (stemming largely from Paul Strand, but with something of a trailing English legacy), married a documentary impulse to formal innovation. It inevitably strayed into the territory of Soviet and German photographic innovators, many of whom had utopian socialist or communist ties. Pro-ruralist sentiments were transformed from backward-looking, romantic, pastoral longing to a focus on labour (perhaps with a different sort of romanticism) and on workers' milieus, both urban and rural.[10]

Photography as an aid to political agitation was facilitated by the development of cheap photolithography printing technology (1890) and small cameras – notably, the Leica in 1924, although the 'social documentary' impulse is not, of course, traceable to technology, and other cam-era technologies, although more cumbersome,

○   ○   ○

[9] John Fekete, *The Critical Twilight: Explorations in the Ideology of Anglo-American Literary Theory from Eliot to McLuhan* (New York: Routledge & Keegan Paul, 1977). Especially in Europe but also in the United States, financial panics, proletarian organising, and political unrest characterised the latter half of the nineteenth century.

[10] Modernism in the other arts has a similar trajectory without, perhaps, the direct legacy or influence of Sovietism or workers' movements.

15/OCT/09

JULIETA ARANDA & ANTON VIDOKLE ARE NOW SETTING UP A TIME BANK FOR THE ART COMMUNITY, USING THE NETWORK OF E-FLUX. WHILE 'TIME/BANK' IS AN EXPERIMENTAL ART PROJECT THAT FOLLOWS UP ON THE ARTISTS' LONGSTANDING INTEREST IN SELF-SUSTAINING, AUTONOMOUS PRACTICES AND CIRCULATION MECHANISMS; THE INTENTION IS TO DEVELOP THE BANK INTO A FULLY FUNCTIONAL PLATFORM THAT WILL ALLOW ARTISTS, CURATORS, WRITERS, DESIGNERS, ARCHITECTS, ACTIVISTS AND OTHER PARTICIPANTS IN THE FIELD OF VISUAL ART TO EXCHANGE THEIR SKILLS, TIME AND KNOWLEDGE WITHOUT HAVING TO RELY ON THE PUTATIVE ECONOMIC VALUE OF SAID SKILLS AS AN ARBITRATION MECHANISM FOR THE EXCHANGE. WWW.E-FLUX.COM

were also employed.[11] Many photographers were eager to use photographs to inform and mobilise political movements – primarily by publishing their work in the form of journal and newspaper articles and photo essays. In the early part of the century, until the end of the 1930s, photography was used to reveal the processes of State behind closed doors (Erich Salomon); to offer public exposés of urban poverty and degradation (Lewis Hine, Paul Strand; German photographers like Alfred Eisenstaedt or Felix Mann who were working for the popular photo press); to provide a dispassionate visual 'anatomisation' of social structure (August Sander's interpretation of *Neue Sachlichkeit*, or New Objectivity); to serve as a call to arms, both literally (the newly possible war photography, such as that by Robert Capa, Gerda Taro, David Seymour) and figuratively (the Workers Film and Photo League and its international affiliates); and to support government reforms (in the United States, Roosevelt's Farm Security Administration). Photography, for these and other reasons, is generally excluded from standard art histories, which thoroughly skew the question of political commitment or critique.[12] In the contemporary moment, however, the history of photography is far more respectable, since photography has become a favoured contemporary commodity and needs a historical tail (which itself constitutes a new market); but the proscription of politically engaged topicality is still widespread.[13]

Erich Salomon, *Haya Conference*, 1930

European-style avant-gardism made a fairly late appearance in the United States, but its formally inscribed social critique offered, approximately from the 1930s through the late 1940s, an updated, legible version of the anti-materialist, and eventually anti-consumerist, critique previously offered by turn-of-the-twentieth-century anti-modernism. Modernism was a conversation about progress, the prospects of utopia, and the fear, doubt, and horror over its costs, especially as seen from the vantage point of the members of the intellectual class. One strand of modernism led to Futurism's catastrophic worship of the machine and war (and eventually political fascism) but also to utopian urbanism and International Style architecture.[14]

Modernism notoriously exhibited a kind of ambiguity or existential angst – typical

○   ○   ○

[11] The codification of social observation in the nineteenth century that included the birth of sociology and anthropology also spurred as-yet amateur efforts to record social difference and eventually to document social inequality. Before the development of the Leica, which uses movie film, other small, portable cameras included the Ermanox, which had a large lens but required small glass plates for its negatives; it was used, for example, by the muckraking lawyer Erich Salomon.

[12] For example with regards to the blurred line between photography and commercial applications, from home photos to photojournalism (photography for hire), a practice too close to us in time to allow for a reasoned comparison with the long, indeed ancient, history of commissioned paintings and sculptures.

[13] There is generally some tiny space allotted to one or two documentarians, above all for those addressing dire conditions in the global periphery.

[14] Modernist linguistic experiments are beyond my scope here.

problems of intellectuals, one imagines, whose identification, if any, with workers, peasants, and proletarianised farm workers is maintained almost wholly by sheer force of conviction in the midst of a very different way of life – perhaps linked experientially by related, though very different, forms of alienation. Such hesitancy, suspicion, or indifference is a fair approximation of independence – albeit 'blessedly' well-behaved in not screaming for revolution – but modernism, as suggested earlier, was suffused with a belief in the transformative power of (high) art. What do (most) modern intellectual elites do if not distance themselves from power and express suspicion, sometimes bordering on despair, of the entire sphere of life and mass cultural production (the ideological apparatuses, to borrow a term from Althusser)?[15]

Enlightenment beliefs in the transformative power of culture, having recovered from disillusionment with the French Revolution, were again shattered by the monstrosity of trench warfare and aerial bombing in World War I (as with the millenarianism of the present century, that of the turn of the twentieth century was smashed by war). Utopian hopes for human progress were revived along with the left-leaning universalism of interwar Europe but were soon to be ground under by World War II. The successive 'extra-institutional' European avant-garde movements that had challenged dominant culture and industrial exploitation between the wars, notably Dada and surrealism, with their very different routes to resisting social domination and bourgeois aestheticism, had dissipated before the war began. Such dynamic gestures and outbursts are perhaps unsustainable as long-term movements,

but they have had continued resonance in modern moments of criticality.

Germany had seen itself as the pinnacle of Enlightenment culture; its wartime barbarism, including the Nazi's perverse, cruel, totalitarian re-imaginings of German history and culture, was especially a blow to the belief in the transcendent powers of culture. Post-war Europe had plenty to be critical about, but it was also staring into the abyss of existentialist angst and the loneliness of *Being and Nothingness* (and year zero). In Western(ised) cultures during the post-war period, a world-historical moment centering on nuclear catastrophism, communist Armageddon, and post-coloniality (empire shift), the art that seemed best equipped to carry the modernist burden was abstract painting, with its avoidance of incident in favour of formal investigations and a continued search for the sublime. In a word, it was painting by professionals, communicating in codes known only to the select few, in a conscious echo of other professional elites, such as research scientists (a favourite analogy among its admirers). Abstract painting was both serious and impeccably uninflected with political imagery, unlike the social realism of much of American inter-war painting. As cultural hegemony was passing from France to the United States, critical culture was muted, taking place mostly at the margins, among poets, musicians, novelists, and a few photographers and social philosophers, including the New York School poets and painters, among them those who came to be called abstract expressionists.

The moment was brief: the double-barrelled shotgun of popular recognition and financial success brought abstract expressionism low. Any

○ ○ ○

[15] This is to overlook the role of that major part of the intellectual class directly engaged in formulating the ideological messages of ruling elites. For one historical perspective on the never-ending debate over the role of intellectuals vis-à-vis class and culture, not to mention the nation-state, see Julien Benda's 1927 book *La Trahison des Clercs* (The Betrayal of the Intellectuals; literally: 'The Treason of the Learned'), once widely read but now almost quaint.

art that depends on critical distance from social elites – but especially an art associated rhetorically with transcendence, which presupposes, one should think, a search for authenticity and the expectations of approaching it – has trouble defending itself from charges of capitulation to the prejudices of a clientele. For abstract expressionism, with its necessary trappings of authenticity, grand success was untenable. Suddenly well capitalised as well as lionised as a high-class export by sophisticated government internationalists, and increasingly 'appreciated' by mass-culture outlets, the abstract expressionist enclave, a bohemian mixture of native-born and émigré artists, fizzled into irrelevance, with many of its participants prematurely dead.

Abstract expressionism, like all modernist high culture, was understood to be a critical art, yet it appeared, against the backdrop of ebullient democratic/consumer culture, as detached from the concerns of the everyday. How can there be poetry after Auschwitz, or, indeed, pace Adorno, after television? Bohemia itself (that semi-artistic, semi-intellectual subculture, voluntarily impoverished, disaffected, and anti-bourgeois) could not long survive the changed conditions of cultural production and, indeed, the pattern of daily life in the post-war West. Peter Bürger's canonical thesis on the failure of the European avant-gardes in pre-war Europe has exercised a powerful grip on subsequent narratives of the always-already-dead avant-gardes.[16] As I have written elsewhere, expressionism, Dada, and surrealism were intended to reach beyond the art world to disrupt conventional social reality and thereby become instruments of liberation. As Bürger suggests, the avant-garde intended to replace individualised production with a more collectivised and anonymous practice and simultaneously to evade the individualised address and restricted reception of art.[17] The art world was not destroyed as a consequence – far from it: as Bürger notes, the art world, in a manoeuvre that has become familiar, swelled to encompass the avant-gardes, and their techniques of shock and transgression were absorbed as the production of the new.[18] *Anti-art* became *Art,* to use the terms set in opposition by Allan Kaprow in the early 1970s, in his (similarly canonical) articles in *ArtNews* and *Art in America* on 'the education of the un-artist'.[19]

In the United States, at least, after the war the search for authenticity was reinterpreted as a search for privatised, personal self-realisation, and there was general impatience with aestheticism and the sublime. By the end of the 1950s, dissatisfaction with life in McCarthyist, 'conformist' America – in segregated, male-dominated America – rose from a whisper, cloistered in little magazines and journals, to a hubbub. More was demanded of criticality – and a lot less.

Its fetishised concerns fallen by the wayside, abstract expressionism was superseded by pop

○   ○   ○

16 See Peter Bürger, *Theory of the Avant-Garde* (1974), trans. Michael Shaw (Minneapolis: University of Minnesota Press, 1984), a work that has greatly influenced other critics – in the United States, notably Benjamin Buchloh. On Bürger's thesis, I wrote, in 'Video: Shedding the Utopian Moment' (1983), that he had described the activity of the avant-garde as the self-criticism of art as an institution, turning against both

'the distribution apparatus on which the work of art depends and the status of art in bourgeois society as defined by the concept of autonomy.' I further quoted Bürger: 'the intention of the avant-gardists may be defined as the attempt to direct toward the practical the aesthetic experience (which rebels against the praxis of life) that Aestheticism developed. What most strongly conflicts with the means-end rationality of

bourgeois society is to become life's organizing principle.'
17 Ibid., p. 53.
18 Ibid., pp. 53–4.
19 Allan Kaprow, 'The Education of the Un-Artist, Part I', *Art News*, February 1971; '"The Education of the Un-Artist, Part II', *Art News*, May 1972; 'The Education of the Un-Artist, Part III', *Art in America*, January 1974.

27/OCT/09
JANTJE STEENHUIS (BRAIN) AND MARCO DE NIET (DEN) HAND THE PARLIAMENTARY COMMITTEE FOR
EDUCATION, SCIENCE AND CULTURE (OCW) A PETITION. THE PETITION HAS BEEN INITIATED BY
SIX UMBRELLA ORGANISATIONS IN THE CULTURAL AND HERITAGE SECTOR, AND FORMS A PROTEST
AGAINST SERIOUS CUTS IN THE KNOWLEDGE INFRASTRUCTURE AROUND CULTURAL HERITAGE.
WWW.VIRTUEELPLATFORM.NL

art, which – unlike its predecessor – stepped onto the world stage as a commercially viable mode of artistic endeavour, unburdened by the need to be anything but flamboyantly inauthentic, eschewing nature for human-made (or, more properly, corporate) 'second nature'. Pop, as figured in the brilliant persona of Andy Warhol – the Michael Jackson of the 1960s – gained adulation from the masses by appearing to flatter them while spurning them. For buyers of Campbell Soup trash cans, posters of Marilyn or Jackie multiples, and banana decals, no insult was apprehended nor criticism taken, just as the absurdist costumes of Britain's mods and rockers, or even, later, the clothing fetishes of punks or hip-hop artists, or of surfers or teen skateboarders, were soon enough taken as cool fashion cues by many adult observers – even those far from the capitals of fashion, in small towns and suburban malls.[20]

The 1960s were a robust moment, if not of outspoken criticality in art, then of artists' unrest, while the culture at large, especially the 'civil rights/youth culture/counterculture/antiwar movement', was more than restive, attempting to re-envision and remake the cultural and political landscape. Whether they abjured or expressed the critical attitudes that were still powerfully dominant in intellectual culture, artists were chafing against what they perceived as a lack of autonomy, made plain by the grip of the market, the tightening noose of success (though still nothing in comparison to the powerful market forces and institutional professionalisation at work in the current art world). In the face of institutional and market ebullience, the 1960s saw several forms of revolt by artists against commodification, including deflationary tactics

against glorification. One may argue about each of these efforts, but they nevertheless asserted artistic autonomy from dealers, museums, and markets, rather than, say, producing fungible items in a signature brand of object production. So-called 'dematerialisation': the production of low-priced, often self-distributed multiples; collaborations with scientists (a continued insistence on the experimentalism of unfettered artistic Imaginationimagination); the development of multi-media or inter-media and other ephemeral forms such as smoke art or performances that defied documentation; dance based on ordinary movements; the intrusion or foregrounding of language, violating a foundational modernist taboo, and even the displacement of the image by words in Wittgensteinian language games and conceptual art; the use of mass-market photography; sculpture made of industrial elements; earth art; architectural deconstructions and fascinations; the adoption of cheap video formats; ecological explorations; and, quite prominently, feminists' overarching critique… all these resisted the special material valuation of the work of art above all other elements of culture, while simultaneously disregarding its critical voice and the ability of artists to think rationally without the aid of interpreters. These market-resistant forms (which were also of course casting aside the genre boundaries of Greenbergian high modernism), an evasive relation to commodity and professionalisation (careers), carried forward the questioning of craft. The insistence on seeing culture (and, perhaps more widely, human civilisation) as primarily characterised by rational choice – see conceptualism – challenged isolated genius as an essential characteristic of artists and furthered

○   ○   ○

[20] Nevertheless, in pop-related subcultures, from punk to heavy metal to their offshoots in skateboarding culture, authenticity is a dimension with great meaning, a necessary demand of any tight-knit group.

5/NOV/09
PIETJE ('NEVER A GALLERY') TEGENBOSCH STARTS A GALLERY. ESPECIALLY IN THIS TIME OF
RECESSION. 'THIS IS A GREAT MOMENT TO OPEN A GALLERY', ACCORDING TO PIETJE TEGENBOSCH
AND MARTIN VAN VREDEN, WHOSE NAMES ARE BEHIND TEGENBOSCHVANVREDEN GALLERY IN
AMSTERDAM, WHICH OPENS ITS DOORS AT BLOEMGRACHT 57 ON SATURDAY. 'THE ECONOMY CAN ONLY
IMPROVE FROM HERE ON. AND ON TOP OF THAT, THOSE WHO DEAL WITH ART NOW REALLY LOVE IT.'
WWW.VOLKSKRANT.NL

the (imaginary) alignment with workers in other fields. These were not arts of profoundly direct criticality of the social order.

An exception is art world feminism, which, beginning in the late 1960s, was part of a larger, vigorously critical and political movement that offered an overt critique of the received wisdom about the characteristics of art and artists and helped mount ultimately successful challenges to the reigning paradigm by which artists were ranked and interpretation controlled. Feminism's far-reaching critique was quite effective in forcing all institutions, whether involved in education, publicity, or exhibition, to rethink *what* and *who* an artist is and might be, what materials art might be made of, and what art *meant* (whether that occurred by way of overt signification or through meaning sedimented into formal expectations), replacing this with far broader, more heterodox, and dynamic categories. Whether feminist work took the form of trenchant social observation or re-envisioned formal approaches such as pattern painting, no one failed to understand critiques posed by works still seen as embedded in their social matrix (thus rekindling, however temporarily, a wider apprehension of coded 'sub-texts' in even non-narrative work).

Still from Guy Debord, *In girum imus nocte et consumimur igni*, 1978

Another exception to the prevailing reactive gambits in 1960s art was presented by two largely Paris-based neo-Dada, neo-surrealist avant-garde movements, Lettrism and the Situationist International (SI), both of which mounted direct critiques of domination in everyday life. The SI eventually split over whether to cease all participation in the art world, with founding member Guy Debord, a film-maker and writer, among those who chose to abandon that milieu.[21] Naturally, this group of rejectionists is the SI group whose appreciation in the art world was revived in the 1980s following a fresh look at Debord's *Society of the Spectacle* (1967). The book proposes to explain, in an elegant series of numbered statements or propositions, how the commodity form has evolved into a spectacular world picture; in the post-war world, domination of the labour force (most of the world's people) by capitalist and state capitalist societies is maintained by the constant construction and maintenance of an essentially false picture of

○   ○   ○

[21] Debord was also a member, with Isidore Isou, of the Lettrists, which he similarly abandoned.

13/NOV/09
SARAH VANHEE'S 'THE GREAT PUBLIC SALE OF UNREALISED BUT BRILLIANT IDEAS' AT STUK ARTS CENTRE IN LEUVEN AND
LATER ON TOUR INTERNATIONALLY. EVERY ARTIST HAS A FILE WITH IDEAS THEY'VE NEVER REALIZED. FASCINATED BY THESE
ARTISTIC LEFTOVERS AND THEIR VALUE, SARAH VANHEE DEVELOPED A UNIQUE AUCTION IN WHICH UNREALISED IDEAS CHANGE
HANDS AND THUS ARE GIVEN A SECOND LIFE, BE IT CONCRETE OR MENTALLY, INCLUDING CONTRACT OF PURCHASE, HOUSE
RULES, VALUATION AND AUCTIONEER. THE RULES CAN HOWEVER BE CALLED INTO QUESTION - BY BOTH THE ARTISTS AND THE
AUDIENCE. 'THE GREAT PUBLIC SALE' OPERATES IN THE AREA OF TENSION BETWEEN THE REAL AND THE IMAGINARY AND
OPENS UP COMPLEX QUESTIONS ABOUT AUTHORSHIP, ORIGINALITY, AND THE VALUE OF IMMATERIAL THINKING.
TEXT: SARAH VANHEE

the world retailed by all forms of media, but particularly by movies, television, and the like. The spectacle, he is at pains to explain, is a relationship among people, not among images, thus offering a materialist, Marxist interpretation. Interest in Debord was symptomatic of the general trend towards a new theoretical preoccupation with (in particular) media theory, in post-Beaux Arts, postmodern art education in the United States beginning in the late 1970s. The new art academicism nurtured criticality in art and other forms of theory-driven production, since artists were being officially trained to teach art as a source of income to fund their production rather than simply to find markets.[22]

There had been a general presumption among post-war government elites and their organs (including the Ford Foundation) that nurturing 'creativity' in whatever form was good for the national brand; predispositions towards original research in science and technology and art unencumbered by prescribed messages were potent symbols of American freedom (of thought, of choice…), further troubling artists' rather frantic dance of disengagement from market and ideological mechanisms throughout the 1960s. In the United States in the late 1960s, president Johnson's Great Society included an expansive vision of public support for the arts. In addition to direct grants to institutions, to critics, and to artists, non-profit, artist-initiated galleries and related venues received Federal money. This led to a great expansion of the seemingly uncapitalisable arts like performance, and video, whose main audience was other artists. Throughout the 1970s, the ideological apparatuses of media,

museum, and commercial gallery were deployed in attempts to limit artists' autonomy, bring them back inside the institutions, and recapitalise art.[23] A small Euro-American group of dealers, at the end of the decade, successfully imposed a new market discipline by instituting a new regime of very large, highly salable neo-expressionist painting, just as Reaganism set out to cripple, if not destroy, public support for art. Art educators began slowly buying into the idea that they could sell their departments and schools as instrumental in helping their students find gallery representation by producing a fresh new line of work. The slow decline of 'theoretical culture' – in art school, at least – had begun.

The right-Republican assault on relatively autonomous symbolic expression that began in the mid-1980s and extended into the 1990s became known as the 'culture wars'; it continues, although with far less prominent attacks on art than on other forms of cultural expression.[24] Right-wing elites managed to stigmatise and to restrict public funding of certain types of art. Efforts to brand some work as 'communist',

○   ○   ○

[22] Thus the insistence of some university art departments that they were fine arts departments and did not wish to offer, say, graphic arts or other commercial programmes and courses (a battle

generally lost).
[23] Again channelling Althusser.
[24] The 'culture wars' are embedded in a broader attempt to delegitimise and demonise social identities, mores, and

behaviours whose public expression was associated with the social movements of the 1960s, especially in relation to questions of difference.

meaning politically engaged or subversive of public order, no longer worked by the 1980s. Instead, US censorship campaigns have mostly taken the form of moral panics meant to mobilise authoritarian-minded religious fundamentalists in the service of destroying the narrative and the reality of the liberal welfare state, of 'community', echoing the 'degenerate art' smear campaigns of the Nazis. Collectors and some collecting institutions perceived the *éclat* of such work – which thematised mostly sex and sexual inequality (in what came to be called 'identity politics') as opposed to, say, questions of labour and governance – as a plus, with notoriety no impediment to fortune.[25] The most vilified artists in question have not suffered in the marketplace; on the contrary. But most public exhibiting institutions felt stung and reacted accordingly – by shunning criticality, since their funding and museum employment were tied to public funding. Subsequent generations of artists, divining that 'difficult' content might restrict their entry into the success cycle, have engaged in self-censorship. Somewhat perversely, the public success of the censorship campaigns stems partly from the myth of a classless, unitary culture: the pretense that in the United States, art and culture belong to all and that very little specific knowledge or education is, or should be, necessary for understanding art. But legibility itself is generally a matter of education, which addresses a relatively small audience already equipped with appropriate tools of decipherment, as I have claimed throughout the present work and elsewhere.

But there is another dimension to this struggle over symbolic capital. The art world has expanded enormously over the past few decades and unified to a great degree, although there are still local markets. This market is 'global' in scope and occupied with questions very far from whether its artistic practices are political or critical. But thirty years of theory-driven art production and critical reception – which brought part of the discursive matrix of art inside the academy, where it was both shielded from and could appear to be un-implicated in the market, thereby providing a cover for direct advocacy – helped produce artists whose practices were themselves swimming in a sea of criticality and apparently anti-commodity forms.[26] The term 'political art' reappeared after art world commentators used it to ghettoise work in the 1970s, with some actually hoping to grant such work a modicum of respectability while others wielded it dismissively, but for the most part its valency was drifting towards positive. Even better were other, better-behaved forms of 'criticality', such as the nicely bureaucratic-sounding 'institutional critique' and the slightly more ominous 'interventionism'. I will leave it to others to explore the nuances of these (certainly meaningful) distinctions, remarking only that the former posits a location within the very institutions that artists were attempting to outwit in the 1960/70s, whereas the latter posits its opposite, a motion outside the institution – but also staged from within. These, then, are not abandonments of art world participation, but acceptance that these institutions are the proper – perhaps the

○   ○   ○

[25] This is not the place to argue the importance of the new social movements of the 1960s and beyond, beyond my passing attention to feminism, above; rather, here I am simply pointing to the ability of art institutions and the market to strip work of its resonance. As is easily observable,

the term 'political art' is reserved for work that is seen to dwell on analysis or critique of the state, wage labour, economic relations, and so on, with relations to sexuality and sex work always excepted.
[26] Recall my earlier remarks about both the academicisation of art education and

the function of art history, a function now also parcelled out to art reviewing/criticism.

only – platform for artists.[27] A further sign of such institutionality is the emergence of a curatorial sub-genre called 'new institutionalism' (borrowing a term from a wholly unrelated branch of sociology) that encompasses the work of sympathetic young curators wishing to make these 'engaged' practices intramural.

This suggests a broad consensus that the art world, as it expands, is a special kind of sub-universe (or parallel universe) of discourses and practices whose walls may seem transparent but which floats in a sea of larger cultures. That may be the means of coming to terms with the overtaking of high-cultural meaning by mass culture and its structures of celebrity, which had sent 1960s artists into panic. Perhaps artists are now self-described art workers, but they also hope to be privileged members within their particular sphere of culture, actually 'working' – like financial speculators – relatively little, while depending on brain power and salesmanship to score big gains. Seen in this context, categories like political art, critical art, institutional critique, and interventionism are ways of slicing and dicing the offspring of art under the broad rubric of conceptualism – some approaches favour analyses and symbolic 'interventions' into the institutions in question, others more externalised, publicly visible actions.

Perhaps a more general consideration of the nature of work itself and of education is in order. I have suggested that we are witnessing the grad-ual abandonment of the model of art education as a search for meaning (and of the liberal model of higher education in general) in favour of what has come to be called the success model…

'Down with critical studies!' Many observers have commented on the changing characteristics of the international work force, with especial attention to the 'new flexible personality', an ideal worker type for a life without job security, one who is able to construct a marketable personality and to persuade employers of one's adaptability to the changing needs of the job market. Commentators like Brian Holmes (many of them based in Europe) have noted the relevance of this model to art and intellectuals.[28] Bill Readings, until his death a Canadian professor of comparative literature at the Université de Montréal, in his posthumously published book, *The University in Ruins* (1997), observes that universities are no longer 'guardians of the national culture' but effectively empty institutions that sell an abstract notion of excellence.[29] The university, Readings writes, is 'an autonomous bureaucratic corpora-tion' aimed at educating for 'economic manage-ment' rather than 'cultural conflict'. The Anglo-American urban geographer David Harvey, reviewing Readings' book in the *Atlantic Monthly*, noted that the modern university 'no longer cares about values, specific ideologies, or even such mundane matters as learning how to think. It is simply a market for the production, exchange, and consumption of useful information – useful,

○ ○ ○

[27] A favourite slogan of the period was 'There is no outside'. Another, more popularly recognisable slogan might be 'Think different', a slogan that attempts to harness images of powerful leaders of so-cial movements or 'pioneers' of scientific revolutions for the service of commodity branding, thus suggesting motion 'outside the box' while attempting never to leave

it. See the above remarks on Bürger and the theory of the avant-garde.
[28] See Brian Holmes, 'The Flexible Personality: For a New Cultural Critique' (2001), www.16beavergroup.org/brian/ and numerous other sites; Holmes added a brief foreword to its publication at eipcp (european institute for progressive cul-tural policies) http://transform.eipcp.net/

transversal/1106/holmes/en#redir#redir
[29] Bill Readings, *The University in Ruins* (Cambridge, MA: Harvard University Press, 1997). The relative invisibility of Readings' book seems traceable to his sudden death just before the book was released, making him unavailable for book tours and comment.

12/DEC/09
BAD YEAR FOR AUCTION HOUSES. THE AMSTERDAM AUCTION HOUSES
SOTHEBY'S AND CHRISTIE'S LOOK BACK AT A DRAMATIC YEAR. THEIR
TURNOVER LAGGED WAY BEHIND LAST YEAR'S. SOTHEBY'S IS HEADING FOR
A TURNOVER OF 15 MILLION EUROS, HALF OF LAST YEAR'S.
WWW.PAROOL.NL

that is, to corporations, governments, and their prospective employees.'[30] In considering the 'production of subjectivity' in this context, Readings writes – citing the Italian philosopher Giorgio Agamben – that it is no longer a matter of either shop-floor obedience or managerial rationality but rather the much touted 'flexibility', 'personal responsibility', 'communication skills', and other similarly 'abstract images of affliction'.[31]

Agamben has provocatively argued that most of the world's educated classes are now part of the new planetary petite bourgeoisie, which has dissolved all social classes, displacing or joining the old petite bourgeoisie and the urban proletariat and inheriting their economic vulnerability. In this end to recognisable national culture, Agamben sees a confrontation with death out of which a new self-definition may be born – or not. Another Italian philosopher, Paolo Virno, is also concerned with the character of the new global workforce in the present post-Fordist moment, but his position takes a different tack in works like *The Grammar of the Multitude,* a slim book based on his lectures.[32]

The affinity between a pianist and a waiter, which Marx had foreseen, finds an unexpected confirmation in the epoch in which all wage labour has something in common with the 'performing artist'. …The salient traits of post-Fordist experience (servile virtuosity, exploitation of the very faculty of language, unfailing relation to the 'presence of others', etc.) postulate, as a form of conflictual retaliation, nothing less than a radically new form of democracy.[33]

Virno argues that the new forms of globalised 'flexible labour' allow for the creation of new forms of democracy. The long-established dyads of public/private and collective/individual no longer have meaning, and collectivity is enacted in other ways. The multitude and immaterial labour produce subjects who occupy 'a middle region between 'individual and collective' and so have the possibility of engineering a different relationship to society, state, and capital. It is tempting to assign the new forms of communication to this work of the creation of 'a radically new form of democracy'.

○   ○   ○

[30] David Harvey, 'University, Inc.', review of *The University in Ruins*, by Bill Readings, *The Atlantic* (October 1998). Available online at www.theatlantic.com/past/docs/issues/98oct/ruins.htm Nothing could be more indicative of the post-Fordist conditions of intellectual labour and the readying of workers for the knowledge industry than the struggle over the US' premier public university, the University of California system, the birthplace of the 'multiversity' as envisioned by Clark Kerr in the development of the UC Master Plan at the start of the 1960s. State public universities, it should be recalled, were instituted to produce home-grown professional elites; but remarkably enough, as the bell-wether California system was undergoing covert and overt privatisation and being squeezed mightily by the state government's near insolvency, the system's president blithely opined that higher education is a twentieth-century issue, whereas people today are more interested in health care, and humorously likened the university to a cemetery (Deborah Solomon, 'Big Man on Campus: Questions for Mark Yudoff', *New York Times Magazine*, September 24, 2009,www.nytimes.com/2009/09/27/magazine/27fob-q4-t.html?_r=2&ref=magazine). The plan for the California system seems to be to reduce the number of California residents attending in favour of out-of-staters and international students, whose tuition costs are much higher. For further comparison, it seems that California now spends more than any other state on incarceration but is forty-eighth in its expenditure on education.
[31] Readings, *The University in Ruins*, p. 50. [32] Paulo Virno, *A Grammar of the Multitude: For an Analysis of Contemporary Forms of Life*, trans. Isabella Bertoletti, James Cascaito, and Andrea Casson (Cambridge, Mass.: Semiotext(e), 2003), also available online at www.generation-online.org/c/fcmultitude3.htm. I have imported this discussion of Virno's work from an online essay of mine on left-leaning political blogs in the United States.
[33] Ibid., pp. 66–7.

Let us tease out of these accounts of the nature of modern labour – in an era in which business types (like Richard Florida) describe the desired work force, typically urban residents, as 'creatives' – some observations about artists-in-training: art students have by now learned to focus not on an object-centred brand signature so much as on a personality-centred one. The cultivation of this personality is evidently seen by some anxious school administrators – feeling pressure to define 'art' less by the adherence of an artist's practice to a highly restricted discourse and more in the terms used for other cultural objects – as hindered by critical studies and only be found behind a wall of craft. (*Craft* here is not to be understood in the medieval sense, as bound up in guild organisation and the protection of knowledge that thereby holds down the number of practitioners, but as reinserted into the context of individualised, bravura production – commodity production in particular.) Class and study time give way to studio preparation and exposure to a train of invited, and paid, reviewers/critics (with the former smacking of boot camp, and the latter sending up whiffs of corruption).

It might be assumed that we art world denizens, too, have become neo-liberals, finding validation only within the commodity-driven system of galleries, museums, foundations, and magazines, and in effect competing across borders (though some of us are equipped with advantages apart from our artistic talents), a position evoked at the start of this essay in the question posed by an artist in his twenties concerning whether it is standard practice for ambitious artists to seek to sell themselves to the rich in overseas venues.

But now consider the art world as a community – in Benedict Anderson's terms, an imagined community – of the most powerful kind, a post-national one kept in ever-closer contact by emerging systems of publicity and communication alongside other, more traditional print journals, publicity releases, and informal organs (although it does not quite achieve imaginary nationhood, which is Anderson's true concern).[34]

The international art world is entering into the globalising moment of 'flexible accumulation' – a term preferred by some on the left to '(economic) postmodernism' as a historical periodisation. After hesitating over the new global image game (in which the main competition is mass culture), the art world has responded by developing several systems for regulating standards and markets. Let me now take a minute to look at this newly evolving system itself.[35]

The art world had an earlier moment of internationalisation, especially in the inter-war period, in which International Style architecture, design, and art helped unify the look of elite cultural products and the built environment of cities around the globe. Emergent nationalisms modified this only somewhat, but International Style lost favour in the latter half of the twentieth century. In recent times, under the new 'global' imperative, three systemic developments have raised art world visibility and power. First, localities have sought to capitalise on their art world

○ ○ ○

[34] See Benedict Anderson, *Imagined Communities: Reflections on the Origin and Spread of Nationalism* (New York: Verso, 1983).
[35] Here I will not take up the question of museums' curatorial responses to this moment of crisis in respect to their definition and role in the twenty-first century. I can only observe that some elite museums have apparently identified a need to offer a more high-end set of experiences, in order to set them apart from the rest of our burgeoning, highly corporatised 'experience economy'. At present the main thrust of that effort to regain primacy seems to centre on the elevation of the most under-commodified form, performance art, the form best positioned to provide museum-goers with embodied and non-narrative experiences (and so far decidedly removed from the world of the everyday or of 'politics' but situated firmly in the realm of the aesthetic).

8/JAN/10
BANK AWARDS BILLION DOLLAR BONUSES AGAIN. BANK OF AMERICA ONCE
AGAIN IS AWARDING ITS INVESTMENT BANKERS BONUSES THAT ARE JUST
AS HIGH AS BEFORE THE CRISIS. THE AMOUNTS WILL COME CLOSE TO
THOSE OF 2007, THE WALL STREET JOURNAL REPORTS.
WWW.NU.NL

holdings by commissioning buildings designed by celebrity architects. But high-profile architecture is a minor, small-scale manoeuvre, attracting tourists, to be sure, but functioning primarily as a symbolic assertion that that particular urban locale is serious about being viewed as a 'player' in the world economic system. The Bilbao effect is not always as powerful as hoped. The era of blockbuster shows – invented in the 1970s to draw in crowds, some say by the recently deceased Thomas P. F. Hoving in his tenure at New York's Metropolitan Museum of Art – may be drawing to a close, saving museums from ever-rising expenditures on collateral costs such as insurance; it is the container more than the contents that is the attractant.

More important have been the two other temporary but recurrent, processual developments. First came the hypostatising biennials of the 1990s. Their frantic proliferation has elicited derision, but these international exhibitions were a necessary moment in the integration of the art system, allowing local institutional players to put in their chips. The biennials have served to insert an urban locale, often of some national significance, into the international circuit, offering a new physical site attracting art and art world members, however temporarily. That the local audience is educated about new international style imperatives is a secondary effect to the elevation of the local venue itself to what might crudely be termed 'world class' status; for the biennials to be truly effective, the important audience must arrive from elsewhere. The biennial model provides not only a physical

circuit but also a regime of production and normalisation. In 'peripheral' venues it is not untypical for artists chosen to represent the local culture to have moved to artist enclaves in fully 'metropolitan', 'first world' cities (London, New York, Berlin, Paris – regarded as portals to the global art market/system), before returning to their countries of origin to be 'discovered'. The airplane allows a continued relationship with the homeland; expatriation can be prolonged, punctuated by time back home. This condition, of course, defines migrant and itinerant labour of all varieties under current conditions, as it follows the flow of capital.[36]

Resistanbul protesters demonstrating on 5 September 2009

I recently received a lengthy, manifesto-style e-mail, part of an 'open letter to the Istanbul Biennial', that illustrates the critique of biennials with pretensions to political art (characteristic also of the past three iterations of Documenta – a 'pentennial' or 'quinquennial' if you will, rather

○　○　○

[36] Since writing this, I have read Chin-Tao Wu's 'Biennials Without Borders?' – in *The New Left Review* 57 (May/June 2009): pp. 107–115 – which has excellent graphs and analyses supporting similar points. Wu analyses the particular pattern of selection of artists from countries on the global 'peripheries'.

11/JAN/10
LOS ANGELES MUSEUM TAPS DEALER AS DIRECTOR. AFTER DAYS OF RELENTLESS
RUMORS, THE MUSEUM OF CONTEMPORARY ART IN LOS ANGELES CONFIRMED ON
MONDAY THAT IT HAD CHOSEN JEFFREY DEITCH, A VETERAN COMMERCIAL DEALER
AND DEAL MAKER, TO BE ITS NEW DIRECTOR, A STRADDLING OF THE GALLERY
AND MUSEUM WORLDS THAT HAS FEW PRECEDENTS.
WWW.NYTIMES.COM

than a biennial – in Kassel, Germany).[37] It is signed by a group calling itself the Resistanbul Commissariat of Culture:

> We have to stop pretending that the popularity of politically engaged art within the museums and markets over the last few years has anything to do with really changing the world. We have to stop pretending that taking risks in the space of art, pushing boundaries of form, and disobeying the conventions of culture, making art about politics makes any difference. We have to stop pretending that art is a free space, autonomous from webs of capital and power...

> We have long understood that the Istanbul Biennial aims at being one of the most politically engaged transnational art events... This year the Biennial is quoting comrade Brecht, dropping notions such as neoliberal hegemony, and riding high against global capitalism. We kindly appreciate the stance but we recognize that art should have never existed as a separate category from life. Therefore we are writing you to stop collaborating with arms dealers...

> The curators wonder whether Brecht's question "What Keeps Mankind Alive" is equally urgent today for us living under the neoliberal hegemony. We add the question: "What Keeps Mankind Not-Alive?" We acknowledge the urgency in these times when we do not have the right to work, we do not get free healthcare and education, our right to our cities our squares and streets are taken by corporations, our land, our seeds and water are stolen, we are driven into precarity and a life without security, when we are killed crossing their borders and left alone to live an uncertain future with their potential crises. But we fight. And we resist in the streets not in corporate spaces reserved for tolerated institutional critique so as to help them clear their conscience. We fought when they wanted to kick us out of our neighborhoods....

The message goes on to list specific struggles in Turkey for housing, safety, job protections, and so on, which space limitations constrain me to omit.[38] I was interested in the implied return of the accusation that socio-critical/political work is boring and negative, addressed further in this email:

> The curators also point out that one of the crucial questions of this Biennial is "how to 'set pleasure free,' how to regain revolutionary role of enjoyment." We set pleasure free in the streets, in our streets. We were in Prague, Hong Kong, Athens, Seattle, Heiligendamm, Genoa, Chiapas and Oaxaca, Washington, Gaza and Istanbul![39] Revolutionary role of enjoyment is out there and we cherish it everywhere because we need to survive and we know that we are changing the world with our words, with our acts, with our laughter. And our life itself is the source of all sorts of pleasure.

The Resistanbul Commissariat of Culture message ends as follows:

○   ○   ○

[37] The 11th Istanbul Biennial ran from September through November 2009, under the curatorship of a Zagreb-based collective known as What, How, and for Whom (WHW), whose members are Ivet Ćurlin, Ana Dević, Nataša Ilić, and Sabina Sabolović. Formed in 1999, the group has run the city-owned Gallery Nova since 2003. The title of this biennial, drawn from a song by Bertolt Brecht, is 'What Keeps Mankind Alive?'
[38] The full version of the letter can be found online at http://etcistanbul.wordpress.com/2009/09/02/open-letter/

[39] Important sites of concerted public demonstrations against neoliberal economic organisations and internationally sanctioned state domination and repression.

Join the resistance and the insurgence of imagination! Evacuate corporate spaces, liberate your works. Let's prepare works and visuals (poster, sticker, stencil etc.) for the streets of the resistance days. Let's produce together, not within the white cube, but in the streets and squares during the resistance week! Creativity belongs to each and every one of us and can't be sponsored.

Long live global insurrection!

This 'open letter' underlines the criticism to which biennials or any highly visible exhibitions open themselves when they purport to take on political themes, even if participants and visitors are unlikely to read such emailed messages.[40] As the letter implies, dissent and dissidence that fall short of insurrection and unruliness are quite regularly incorporated into exhibitions, as they are into institutions such as universities in liberal societies; patronising attitudes, along the lines of 'Isn't she pretty when she's angry!' are effective – even President Bush smilingly called protesters' shouts a proof of the robustness of 'our' freedom of speech while they were being hustled out of the hall where he was speaking. But I suggest that the undeniable criticisms expressed by Resistanbul do not, finally, invalidate the efforts of institutional reform, however provisional. All movements against an institutional consensus are dynamic, and provisional. (And see below.)

Accusations of purely symbolic display, of hypocrisy, are easily evaded by turning to, finally, the third method of global discipline, the art fair, for fairs make no promises other than sales and parties; there is no shortage of appeals to pleasure. There has been a notable increase in the number and locations of art fairs in a short period, reflecting the art world's rapid monetisation; art investors, patrons, and clientele have shaken off the need for internal processes of quality control in favour of speeded-up multiplication of financial and prestige value. Some important fairs have set up satellite branches elsewhere.[41] Other important fairs are satellites that outshine their original venues and have gone from the periphery of the art world's vetting circuit to centre stage. At art fairs, artworks are scrutinised for financial-portfolio suitability, while off-site fun (parties and dinners), fabulousness (conspicuous consumption), and non-art shopping are the selling points for the best-attended fairs – those in Miami, New York, and London (and of course the original, Basel). Dealers pay quite a lot to participate, however, and the success of the fair as a business venture depends on the dealers' ability to make decent sales and thus desire to return in subsequent years.

Jesse Jones, *The Rise and Fall of the City of Mahogany*, 2009. Video still

No discursive matrix is required for successful investments by municipal and national hosts in this market. Yet art fairs have delicately tried to pull a blanket of respectability over the naked

○   ○   ○

[40] But they may well be offered flyers.
[41] The Shanghai Contemporary Art Fair
(where this paper was first presented) is
an outpost of the Bologna Art Fair.

profit motive, by installing a smattering of curated exhibitions among the dealers' booths and hosting on-site conferences with invited intellectual luminaries. But perhaps one should say that discursive matrices are *always* required, even if they take the form of books and magazines in publishers' fair booths; but intellectuals talking in rooms and halls and stalking the floor – and being interviewed – can't hurt.

Predictions about the road to artistic success in this scene are easy to make, because ultimately shoppers are in for a quick fix (those Russians!) and increasingly are unwilling to spend quality time in galleries learning about artists and their work: after all, why bother? The art content of these containers and markets should thus avoid being excessively arcane and hard to grasp, love, and own; and to store or lend. Many can literally be carried out under a collector's arm. The work should be painting, if possible, for so many reasons, ranging from the symbolic artisanal value of the handmade to the continuity with traditional art historical discourse and the avoidance of overly particularistic political partisanship except if highly idiosyncratic or expressionist. The look of solemnity will trump depth and incisive commentary every time; this goes for any form, including museum-friendly video installations, film, animation, computer installations, and saleable performance props (and conceptualism-lite). Young artists (read: recent art-school graduates) are a powerful attraction for buyers banking on rising prices.

The self-described Resistanbul Commissariat writes of 'the popularity of politically engaged art within the museums and markets' – well, perhaps. The art world core of cognoscenti who validate work on the basis of criteria that set it apart from a broad audience may favour art with a critical edge, though not perhaps for the very best reasons. Work engaged with real-world issues or exhibiting other forms of criticality may offer a certain satisfaction and flatters the viewer, provided it does not too baldly implicate the class or subject position of the viewer. Criticality can take many forms, including highly abstract ones (what I have called 'critique in general', which often, by implicating large swathes of the world or of humankind, tends to let everyone off the hook), and can execute many artful dodges. Art history's genealogical dimension often leads to the acceptance of 'politico-critical' work from past eras, and even of some contemporary work descended from this, which cannot help but underscore its exchange value. Simply put, to some connoisseurs and collectors, and possibly one or two museum collections, criticality is a stringently attractive brand. Advising collectors or museums to acquire critical work can have a certain sadistic attraction, directed both towards the artist and the work and towards the advisee/collector.

Art Basel Miami. Photo Bill Wisser.

A final common feature of this new global art is a readily graspable multi-culturalism that creates a sort of United Nations of global voices on the menu of art production. Multi-culturalism, born as an effort to bring *difference* out of the negative column into the positive with regards

to qualities of citizens, long ago became also a bureaucratic tool for social control, attempting to render difference cosmetic. Difference was long ago pegged as a marketing tool in constructing taste classes; in a 1980s book on global taste, the apparently universal desire for jeans and pizza (and later, Mexican food) was the signal example: the marketable is different but not *too* different. In this context, there is indeed a certain bias towards global corporate internationalism – that is, neo-liberalism – but that of course has nothing to do with whether 'content providers' identify as politically left, right, independent, or not at all. Political opinions, when they are manifested, can become mannerist tropes.

But often the function of biennials and contemporary art is also to make a geo-political situation visible to the audience, which means that art continues to have a mapping and even critical function with regards to geopolitical realities. Artists have the capacity to condense, anatomise, and represent symbolically complex social and historical processes. In the context of internationalism, this is perhaps where political or critical art may have its best chance of being seen and actually understood, for the critique embodied in a work is not necessarily a critique of the actual locale in which one stands (if it describes a specific site, it may be a site 'elsewhere'). Here I ought provisionally to suspend my criticism of 'critique in general'. I am additionally willing to suspend my critique of work that might be classed under the rubric 'long ago or far away', which in such a context may also have useful educational and historical functions – never forgetting, nonetheless, the vulnerability to charges such as those made by the Resistanbul group.

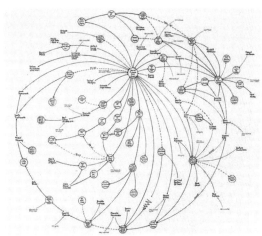

Mark Lombardi, *World Finance Corporation, Miami, Florida, c. 1970-79 (6th Version)*, 1999 Graphite and Coloured Pencil on Paper, 35.5 x 46.25", detail

'Down with critical studies', I wrote above, and the present has indeed been seen as a post-critical moment, as any market-driven moment must be… but criticality seems to be a modern phoenix: even before the market froze over, there had never been a greater demand on the part of young art students for an entrée into critical studies and concomitantly for an understanding of predecessors and traditions of critical and agitational work. I speculate that this is because they are chafing under the command to succeed, on market terms, and therefore to quit experimenting for the sake of pleasure or indefinable aims. Young people, as the hoary cliché has it, often have idealistic responses to received orthodoxy about humanity and wish to repair the world, while some artists too have direct experience of poverty and social negativity and may wish to elevate others – a matter of social justice. Young artists perennially reinvent the idea of collaborative projects, which are the norm in the rest of the world of work and community and only artificially discouraged, for the sake of

artistic entrepreneurism and 'signature control', in the art-market world.[42]

I return to the question posed above, 'whether choosing to be an artist means aspiring to serve the rich…' Time was when art school admonished students not to think this way, but how long can the success academy hang on while galleries are not to be had? (Perhaps the answer is that scarcity only increases desperation; the great pyramid of struggling artists underpinning the few at the pinnacle simply broadens at the base.) Nevertheless, artists are stubborn. The 'Resistanbul' writers tell us they 'resist in the streets not in corporate spaces reserved for tolerated institutional critique', as some artists do in order to 'help them clear their conscience'. For sure. There are always artworks, or art 'actions', that are situated outside the art world or that 'cross-list' themselves in and outside the golden ghettos. I am still not persuaded that we need to choose. There is so far no end to art that adopts a critical stance – although perhaps not always in the market and success machine itself, where it is always in danger of being seriously rewritten, often in a process that *just takes time.* It is this gap between the work's production and its absorption and neutralisation that allows for its proper reading and ability to speak to present conditions.[43] It is not the market alone, after all, with its hordes of hucksters and advisers, and bitter critics, that determines meaning and resonance: there is also the community of artists and the potential counter-publics they implicate.

This essay began as a talk at the Shanghai Contemporary Art Fair in September of 2009, on the symposium's assigned topic, 'What is Contemporary Art?' – a perfectly impossible question, in my opinion (although I could imagine beginning, perhaps, by asking, 'What makes contemporary art contemporary?'). Nevertheless, talk I did. My efforts in converting that talk, developed for a non-US audience, with unknown understandings of my art world, into the present essay have led me to produce what strikes me as a work written by a committee of one – me – writing at various times and for various readers. I long ago decided to take to heart Brecht's ego-puncturing suggestion – to recruit my own writing in the service of talking with other audiences, entering other universes of discourses, to cannibalise it if need be. There are lines of argument in this essay that I have made use of at earlier conferences (one of which lent it the title 'Take the Money and Run'), and there are other self-quotations or paraphrases. I also found myself reformulating some things I have written before, returning to the lineage and development of artistic autonomy, commitment, alienation, and resistance, and to the shape and conditions of artistic reception and education. I thank Alan Gilbert, Stephen Squibb, and Stephen Wright for their excellent readerly help and insights as I tried to impose clarity, coherence, and some degree of historical adequacy on the work.

This essay was first published in e-flux journal, Issue 01 2010

About the author:
Martha Rosler is an artist who works with multiple media, including photography, sculpture, video, and installation. Her interests are centred on the public sphere and landscape of everyday life - actual and virtual - especially as they affect women. Related projects focus on housing, on the one hand, and systems of transportation, on the other. She has long produced works on war and the "national security climate," connecting everyday experiences at home with the conduct of war abroad. Other works, from bus tours to sculptural recreations of architectural details, are excavations of history.

○   ○   ○

[42] I experience some disquiet in the realisation that, as in so much else, the return of the collective has lingering over it not just the workers' councils of council communism (not to mention Freud's primal horde) but the quality circles of Toyota's re-engineering of car production in the 1970s.

[43] It is wise not to settle back into the image-symbolic realm; street actions and public engagement are basic requirements of contemporary citizenship. If the interval between the appearance of new forms of resistance and incorporation is growing ever shorter, so is the cycle of invention, and the pool of people involved is manifestly much, much larger.

31/JAN/10
THE HERMITAGE IS A HIT. THE NEW MUSEUM IN THE REFURBISHED AMSTELHOF BUILDING IN
AMSTERDAM APPEARS TO BE AN AUDIENCE FAVOURITE. SINCE THE QUEEN OPENED THE HERMITAGE'S
ANNEX ON 20 JUNE LAST YEAR TOGETHER WITH RUSSIA'S PRESIDENT, THE MUSEUM HAS ATTRACTED
705,000 VISITORS. THIS MAKES THE HERMITAGE THE FOURTH MOST VISITED MUSEUM IN THE
CAPITAL, FOLLOWING THE VAN GOGH, THE RIJKSMUSEUM AND THE ANNE FRANK HOUSE. THE MUSEUM
HAD ALREADY ANNOUNCED IN DECEMBER THAT AUDIENCE FIGURES WERE TWICE AS HIGH AS EXPECTED.
HTTP://EROPUIT.BLOG.NL

TAKE THE MONEY AND RUN?
Kan politieke en sociaal-kritische kunst 'overleven'?

Martha Rosler

Demonstratie van de Art Workers' Coalition (AWC)
voor de *Guernica* van Pablo Picasso in 1970.

Een paar maanden voordat de huizenmarkt een groot deel van de wereldeconomie in een crisis stortte, en de kunstmarkt daarin met zich meesleurde, werd ik gevraagd te reageren op de vraag of 'politieke of sociaal-kritische kunst' kan overleven in een overspannen markteconomie. Nu, twee jaar, later is het misschien een goed moment om de parameters van deze kunst nog eens te bekijken (nu de aandacht voor grootschalige werken met veel bravoure en een hoge 'wow-factor', met name sculpturen en schilderijen, even getemperd is – al is dat dan maar tijdelijk).

In de loop van de tijd hebben zich verschillende soorten van kritische reflectie [*criticality* –red.] ontwikkeld, maar hun taxonomische geschiedenis is kort. Het proces van benoemen is vaak een methode van recuperatie op zichzelf; de uitdrukkingswijzen van het kritische vertoog worden door het systeem dat wordt bekritiseerd geïncorporeerd en bevriezen zo tot academische formules. Wanneer we de lange geschiedenis van de artistieke productie in ogenschouw nemen, dan lijkt de kwestie van 'politieke' en 'kritische' kunst nogal bizar, want hoe moeten we bijvoorbeeld de antieke, Griekse toneelstukken karakteriseren? Waarom wilde Plato muziek en poëzie uit zijn republiek verbannen? Hoe moeten we de Engelse kinderrijmpjes begrijpen, die we nu zien als vriendelijke versjes? De vreemde blik in de ogen van een personage uit een Renaissancistische scène? Het portret van een hertog met een lege gelaatsuitdrukking? Een volkse afbeelding met een karikatuur van de koning? De aandacht voor kunstwerken is nu zeker minder dan toen de kunst niet de strijd aan hoefde te gaan met een brede waaier aan publieke verhalen en andere vormen van representatie; het feit dat we nu sommige kunst 'politiek' noemen, onthult het toenemende belang van bijzondere vormen van thematische uitingen.[1] Kunst, zo wordt nu gezegd, is juist bedoeld om haar stem te laten horen buiten de geijkte begripsvormen en verhalen om, en overstijgt de nationale en religieuze grenzen. Een kritische reflectie die zich manifesteert in subtiele, iconografische details zal niet snel door een groot internationaal publiek worden begrepen. Het verhulde kritische karakter van kunst onder repressieve regimes, dat zich vaak manifesteert in de vorm van symbolisme of allegorie, behoeft geen

○   ○   ○

[1] Om hier nog even over uit te wijden: als Middeleeuwse kijkers de betekenis van een geschilderde lelie konden lezen in een werk met een Bijbels thema, dan was dit omdat iconografische codes voortdurend doorgegeven werden, terwijl er niet zo veel religieuze verhalen bestonden. In bepaalde laatnegentiende-eeuwse Engelse of Franse genreschilderkunst werd volgens de sociale geschiedenis uit die periode, een slordig uitziend boerenmeisje met golvende haren en een kan waaruit ze per ongeluk water morst, begrepen als een symbool voor seksuele losbandigheid en de beschikbaarheid van de aantrekkelijke, vrouwelijke Ander. Kunst heeft zich ondertussen bevrijd van haar verhalende connotaties (met name die van de historische schilderkunst), is steeds abstracter en formeler geworden en daarom nu uiteindelijk in staat om aan een verschillende universaliteit te appelleren: niet die van de universele kerk, maar die van een net zo imaginaire, universele cultuur (uiteindelijk een bourgeois cultuur, maar niet in zijn massamediale uitingen) en filosofie.

uitleg voor de mensen die onder deze omstandigheden leven, maar het publiek buiten deze politieorde heeft als het ware een studiegids nodig. En in beide gevallen is het niet een algemeen, maar een intellectueel publiek en professionele kunstenaars en schrijvers die zijn ingespeeld op deze hermeneutiek. Ik kom hier later in deze tekst nog op terug. Ik wil hier eerst een provocerende *tongue-in-cheek* opmerking citeren, typisch behorend tot deze Zeitgeist, van een intelligente, hippe jongere, die ons eraan herinnert hoezeer politieke en sociaal-kritische kunst een randverschijnsel is:

> *'We hadden het erover of de keuze om kunstenaar te worden betekent dat je ernaar streeft om alleen de rijken te bedienen (...) dat lijkt in dit land het gezaghebbende economische model te zijn. De meest zichtbare kunstenaars zijn heel goed in dienstbaarheid aan de rijken (...) diegenen die naar Keulen gaan om zaken te doen schijnen het het best te doen (...) daar komen de rijkste mensen uit Europa. (...)'*

Als eerste is het interessant na te gaan hoe en wanneer een kritische inslag voor het eerst als een belangrijke eigenschap van kunst werd gezien. De geschiedenis hiervan wordt vaak op een gefragmenteerde en vervormde wijze gepresenteerd; kunst die geen volledige trouw beloofde aan de ideologische structuren van de sociale elite werd vaak slecht ontvangen.[2] Je buiten de invloedssfeer van het mecenaat of de gevestigde opvattingen begeven zonder daarmee je inkomsten, of in extreme situaties, je leven, te verliezen, werd pas een paar honderd jaar geleden mogelijk, toen de oude politieke orde afbrokkelde als gevolg van de door de industriële revolutie in gang gezette veranderingen, en het mecenaat en de opdrachten vanuit de kerk en de aristocratie minder werden.[3]

Vittore Carpaccio, *Twee Venetiaanse dames*, c. 1490, olieverf op hout, 94 x 63,5 cm

De nieuwe sociale klasse, de bourgeoisie, trok steeds meer politieke en economische macht naar zich toe ten opzichte van de vorige elites, en wilde de verheven culturele waarden van hun voorgangers overnemen. Maar het lag meer voor de hand dat deze nieuwe cultuuraanbidders klanten, in plaats van opdrachtgevers werden.[4]

○   ○   ○

[2] Ik beperk mij hier tot de Westerse kunstgeschiedenis. Het is zinvol om te bedenken dat de relatief jonge discipline van de kunstgeschiedenis werd ontwikkeld als een hulp voor kunstkenners en collectioneurs en dus au fond gezien moet worden als een systeem voor de verificatie van de echtheid en de kwaliteit van kunst.

[3] Ik wil hiermee niet de complicerende factoren negeren, zoals de onmogelijke vergelijking van tekst en beeld, en ook niet beweren dat kunst, in het produceren van voorgeschreven beelden om verhalen te illustreren en te interpreteren, dan ook maar meteen beschouwd kan worden als iets dat een duidelijke doctrine volgt zonder idiosyncratische, kritische, subversieve of partijdige berichten. De lacunes tussen ideeën, interpretaties en de uitvoering ervan vormen echter geen benoembare trend.

[4] Wat bekend staat als de 'middenklasse' (of klassen), als dat nog verduidelijking behoeft, bestond uit diegenen wiens levensonderhoud afkomstig waren van het eigendom van bedrijven of industrieën; zij bevonden zich tussen de bestaande aristocratie, die haar politieke macht verloor, en de boeren, handwerkslieden en de nieuwe, stedelijke arbeidersklasse in.

8/FEB/10
FUTURE WIELS UNCERTAIN. DE STANDAARD 6 FEBRUARY, REPORTS THROUGH ITS
EDITOR JAN VAN HOVE THAT THE ART CENTRE THREATENS TO GRIND TO A HALT AMONG
POLITICAL AND FINANCIAL DISAGREEMENTS. WIELS CANNOT PAY THE BILLS FOR THE
RENOVATION (TOTAL COSTS 12.3 MILLION EUROS) OF THE FORMER BREWERY CLOSE TO
BRUSSELS MIDI STATION, WITHOUT 2.7 MILLION EUROS SUBSIDY FROM BELIRIS, THE
GOVERNMENT FINANCED ORGANISATION THAT PROMOTES BRUSSELS' IMPACT.
WWW.METROPOLISM.COM

Kunstenaars, gebruikmakend van allerlei verschillende media en culturele uitingsvormen, van hoog tot laag, namen positie in ten opzichte van de broeiende, politieke situatie van de industriële revolutie. Men kon Europese kunstenaars vinden die zich een fervent aanhanger toonden van revolutionaire idealen, of die zich identificeerden met de lokale bevolking in de steden en op het platteland en opzettelijk efemere uitdrukkingsvormen kozen (bijvoorbeeld het maken van goedkope prints in hoge oplage). De in status toenemende bourgeoisie werd lachend en zich vermakend afgebeeld en dit werd weergegeven met de nieuwste schildertechnieken en manieren van visuele representatie. Er werden nieuwe vormen van subjectiviteit en sensibiliteit ontdekt, die op verschillende manier werden geuit (de ontwikkeling van de opkomst van in grote oplage gedrukte romans, bladen, posters en kranten en van theater en kunst vindt haar oorsprong in de negentiende eeuw), al was er sporadisch nog wel sprake van censuur die van bovenaf werd opgelegd voor het overtreden van bepaalde regels, soms met strenge straffen. Het ontstaan van een massapubliek noopte sommige kunstenaars ertoe zich tegen de smaak van het grote publiek af te gaan zetten, zoals de socioloog Pierre Bourdieu reeds aangaf, of wat in de marge te rommelen.[5] Artistieke autonomie, omschreven als een soort opstand, werd aangeduid met een militaire term: avant-garde, of een afgeleide daarvan *the vanguard* [de voorhoede −red.].[6] In tijden van revanchisme en repressie, dat is bekend, nemen kunstenaars afstand van politieke heersers en ideologieën door middel van dubbelzinnige en allegorische structuren: kritiek door middel van misleiding. Zelfs de manifesten van de opkomende romantische bewegingen, die bedoeld waren om de poëtische verbeelding te bevrijden, zijn terug te voeren op de behoefte om veranderingen teweeg te brengen in een vastgeroeste ideologie en de gevoeligheid zelf als een eigenschap van een 'gecultiveerde' persoon te presenteren. Omdat men verwachtte dat deze 'ontwikkelde' kunst van de voorhoede autonoom zou zijn − onafhankelijk van de ideologische banden met het mecenaat −kwamen ook haar formele kwaliteiten in een positief daglicht te staan. In het verlengde van de traditie van de romantiek, onderstreepte dit tevens een voorkeur voor zowel een persoonlijke, als een universele beleving gebaseerd op de eigen ervaring, en niet op die van de dogma's van de kerk of de verlossing.[7] De dichterlijke verbeelding werd gepositioneerd als iets dat de concurrentie aan ging met de materiële, rationele en 'wetenschappelijke' kennissystemen, die bovendien veel beter de nieuwe utopische opvatting en reorganisatie van het menselijke leven konden begeleiden.[8] De impressionistische schilders, die de professionalisering van kunst voorbij de grenzen van het ambachtelijke brachten, ontwikkelden stilistische benaderingen gebaseerd op een interpretatie van een ver doorgevoerde optische theorie. Maar ook andere toegangen tot

○   ○   ○

[5] De Franse socioloog Pierre Bourdieu is de meeste prominente theoreticus van symbolisch kapitaal en de productie en circulatie van het symbolische goederen: ik doel dan op 'The Market of Symbolic Goods' in The Field of Cultural Production, red. Randal Johnson (New York: Columbia University Press, 1993). Dit artikel, alhoewel wat star in haar categorisering, beschrijft de structurele logica van scheiding.

[6] Men is het niet eens over wanneer voor het eerst het begrip 'kunst' werd toegepast, sommigen dateren het pas ten tijde van de Salon des Refusés in 1863.

[7] Vormen zijn geen lege modellen maar dragen eeuwen van platonische bagage met zich mee. Dat is het best te zien in architectuur; de formele innovatie van het twintigste-eeuwse hoogmodernisme, gebaseerd op zowel Kant als Hegel, werd geïnterpreteerd als het zoeken naar een andere menselijke dimensie.

[8] In zijn Biographia Literaria (1817), maakt de dichter en theoreticus Samuel Taylor Coleridge een inmiddels beroemd onderscheid tussen 'Fancy' en 'Imagination'.

12/FEB/10
OPENING STEDELIJK MUSEUM AMSTERDAM POSTPONED AGAIN. THE STEDELIJK
MUSEUM IN AMSTERDAM WILL REOPEN AGAIN ONLY IN 2011. ALTHOUGH THE
BUILDING CAN BE HANDED OVER IN DECEMBER 2010, IT WILL TAKE MONTHS
BEFORE IT WILL BE READY FOR USE.
WWW.ELSEVIER.NL

inspiratie, zoals het gebruik van psychedelische drugs, bleven gangbaar. Hoe formeel hun uitingen ook waren, het werk van de artistieke avant-gardes behield altijd een utopische horizon, waardoor het verder reikte dan oefeningen in decor of compositie. Sterker nog, het zich afkeren van een herkenbare verhaalstructuur was van doorslaggevend belang voor het staven van de bewering dat de kunst vanuit zichzelf - of nog beter gezegd: vanuit het originele en unieke gezichtspunt van het individu die men producent noemde - een hogere waarheid aan de orde stelde. Als we John Fekete mogen geloven, moeten we de positieve receptie van de extreme esthetiek en het *art for art's sake* opvatten als een paniekerige reactie van de laat negentiende-eeuwse bourgeoisie op een zich grotendeels ingebeelde gijzeling van de linkse politiek.[9] Toch bood deze esthetiek, ondanks, of juist dankzij de eis van een zich volledig afkeren van de wereld, een opening naar een impliciete vorm van politieke kritiek. De abstracte, op Hegel geïnspireerde sociale negativiteit werd later een centraal element van de Frankfurter Schüle. In weerwil van Brecht en Benjamin, bleef Adorno erop aandringen dat kunst, wilde zij echt negatief zijn, een autonome positie in moest nemen, en boven partijpolitiek moest staan.

Aan het begin van de twintigste eeuw, een tijd van grootschalige industrialisatie en kapitaalstromen, trokken veel mensen van het verarmde Europese platteland naar de locaties waar de productie plaatsvond. Het (waandenk)beeld van een nieuwe gouden eeuw vol voorspoed, rede en gerechtigheid inspireerde kunstenaars en sociale critici van allerlei slag om zich een toekomst te gaan verbeelden. We kunnen dit in één adem modernisme noemen.

Kort samengevat kenmerkte het modernisme (dat nauw samenhangt met moderniteit) zich door een technologisch optimisme en een geloof in vooruitgang, terwijl het anti-modernisme de technologische verandering interpreteerde als een vorm van breed maatschappelijk verval en dus geneigd was een romantisch beeld van de natuur aan te hangen.

De kunstgeschiedenis leert ons dat veel kunstenaars in het revolutionaire Rusland hun vaardigheden inzetten voor de idealen van de socialistische revolutie, daarbij werden nieuwe kunstvormen (film) toegeëigend en oudere kunstvormen aangepast (theater, poëzie, populaire romans, en traditionele handwerktechnieken als naaien en het beschilderen van porselein). Ondertussen betuigden anderen buiten de Sovjet Unie hun solidariteit aan een wereldwijde revolutie. Ook in de V.S. en Europa, hoewel nog onderbelicht in de geschiedschrijving maar wel steeds beter gedocumenteerd, waren er proletarische en communistische schilders, schrijvers, filosofen, dichters en fotografen...

Paul Strand, *Portrait - New York*, 1916.
Platinadruk

○   ○   ○

[9] John Fekete, The Critical Twilight: Explorations in the Ideology of Anglo-American Literary Theory from Eliot to McLuhan (New York: Routledge & Keegan Paul, 1977). Met name in Europa maar ook in de V.S. werd de tweede helft van de negentiende eeuw gekenmerkt door financiële onrust, arbeidersbewegingen en politieke strijd.

12/FEB/10
ON THE OCCASION OF THE INAUGURATION OF THE NEW EXHIBITION SPACE 'DE APPEL
JONGENSSCHOOL' [DE APPEL BOYS' SCHOOL] ON THE EERSTE JACOB VAN CAMPENSTRAAT
59 IN AMSTERDAM, DE APPEL PRESENTS THE GROUP SHOW 'FOR THE BLIND MAN IN
THE DARK ROOM LOOKING FOR THE BLACK CAT THAT ISN'T THERE'.
WWW.DEAPPEL.NL

Het fotografisch modernisme in de V.S. (grotendeels afkomstig van Paul Strand, maar dan wel met sporen van een Engelse erfenis) verbond een sterk documentaire inslag met formele innovatie. Dit had onvermijdelijk ook de nodige repercussies op de kringen van de Russische en Duitse vernieuwers van de fotografie, die in tegenstelling tot de Amerikanen - naast Strand waren er weinig Amerikaanse modernisten in de fotografie die dergelijke politieke standpunten aanhingen - utopische, socialistische en communistische idealen nastreefden. Ouderwetse, romantische, pastorale verlangens naar de idylle van het platteland werden ingeruild voor een focus op arbeid (die misschien getuigde van weer ander soort van romantiek) en op zowel de urbane als landelijke omgeving van de arbeider.[10]

Ontwikkelingen in de fotografie en het afdrukken van foto's aan het begin van deze eeuw (zoals de nieuwe fotolithografische techniek uit 1890 en de nieuwe, kleine camera's, bijvoorbeeld de Leica in 1924) resulteerden ook in het gebruik van fotografie als hulpmiddel in de politieke strijd. De populariteit van de 'sociale documentaire' is echter niet alleen terug te voeren op de techniek, en vermeld moet worden dat er ook andere cameratechnologieën werden toegepast, al waren die lastiger te hanteren.[11] Fotografen zetten hun foto's in om politieke bewegingen te informeren en te mobiliseren, door hun werk te publiceren in de vorm van kranten- en tijdschriftartikelen en in de vorm van foto-essays. Vanaf het begin van de eeuw tot het einde van de jaren dertig werd fotografie bijvoorbeeld ingezet voor het onthullen van wat er zich achter gesloten deuren van de politiek afspeelde (Erich Salomon); voor het afbeelden van de armoede en verloedering op het platteland (Lewis Hine, Paul Strand en Duitse fotografen zoals Alfred Eisenstaedt of Felix Mann, die voor de populaire media werkten); voor de koele, visuele 'ontleding' van sociale structuren (August Sanders interpretatie van de *Neue Sachlichkeit*, of Nieuwe Objectiviteit); voor het visualiseren van een strijdkreet, zowel in letterlijke, (de nieuwe oorlogsfotografie van bijvoorbeeld Robert Capa, Gerard Taro en David Seymour) als in figuurlijke zin (de activistische foto- en filmjournaalgroepen die in verschillende landen bestonden, zoals de *Workers Film and Photo League*) en tenslotte voor het ondersteunen van regeringsbesluiten (bijvoorbeeld in de V.S. Roosevelts *Farm Security Administration*). Om deze en andere redenen wordt de fotografie vaak buiten de canon van de kunstgeschiedschrijving gehouden, wat de kwestie van het politieke engagement of kritiek daarbinnen totaal heeft vervormd.[12] Dat de geschiedenis van de fotografie nu in de hedendaagse kunst wel veel respect geniet, heeft er alles mee te maken dat fotografie een marktproduct is geworden dat men graag van een historisch kader of verhaal voorziet (wat weer een nieuwe markt oplevert).

○ ○ ○

[10] Het modernisme heeft in andere kunstvormen een vergelijk traject doorlopen, misschien alleen zonder de directe erfenis en invloed van de Sovjet-Unie of de arbeidersbewegingen.
[11] De codificatie van de sociale observatie in de negentiende eeuw, die ondermeer de geboorte van sociologie en antropologie tot gevolg had, spoorde ook de pogingen van - toen nog - amateurs aan om sociale verschillen en ongelijkheid vast te leggen. Voor de ontwikkeling van Leica, waarvoor filmnegatieven werden gebruikt, werden andere kleine, draagbare camera's gebruikt, zoals de Ermanox, die een grote lens had, maar waarvoor je alleen kleine glasplaten als negatief hoefde te gebruiken. Deze camera werd bijvoorbeeld gebruikt door de 'in vuile zaakjes wroetende' advocaat Erich Salomon.

[12] Bijvoorbeeld met betrekking tot de vervaagde grenzen tussen fotografie en commerciële toepassingen, van amateurfotografie tot fotojournalistiek (fotografie op bestelling), praktijken die nog te recent zijn voor een goede vergelijking met de lange geschiedenis van schilderijen en sculpturen die in opdracht werden gemaakt.

9/MAR/10
THE FORMER PETER STUYVESANT COLLECTION HAS BEEN AUCTIONED FOR A RECORD
AMOUNT AT SOTHEBY'S IN AMSTERDAM LAST NIGHT. THE 163 TOP WORKS FROM THE
TOBACCO COMPANY'S COLLECTION TOGETHER YIELDED OVER 13.5 MILLION EUROS,
MORE THAN ANY OTHER AUCTION OF CONTEMPORARY ART IN THE NETHERLANDS.
WWW.NRC.NL

Dit neemt niet weg dat de verwerping van de politieke, geëngageerde actualiteit nog steeds wijdverspreid aanwezig is.[13]

Erich Salomon, *Haya Conferentie*, 1930

Het avant-gardisme Europese stijl maakte vrij laat zijn intrede in de V.S., maar haar formele, 'social critique' leverde, ongeveer van de jaren dertig tot de late jaren veertig, wel een plausibele versie van een antimaterialistische en uiteindelijk ook tegen de consumptie-maatschappij gerichte kritiek, die rond de eeuwwisseling door het antimodernisme werd geboden. Het modernisme is *onder andere* een discussie over vooruitgang, over utopieën en de angst, de twijfel en doemgedachten over de prijs die men hiervoor betaalt, met name gezien vanuit de bevoorrechte positie van de leden van de intellectuele klasse. Een afgeleide van het modernisme leidde tot de catastrofale aanbidding van machine en oorlog door het futurisme (en uiteindelijk tot politiek fascisme), maar ook tot utopisch urbanisme en de architectuur van de Internationale Stijl.[14]

Het modernisme stond erom bekend dat zij een soort ambiguïteit uitdroeg of existentiële angst in zich droeg – typisch een probleem van intellectuelen wiens identificatie alleen gebaseerd was op een overtuiging terwijl hun leven totaal anders was dan dat van arbeiders, boeren en proletatiërs. Het enige wat men echt met elkaar deelde was misschien een, ook voor ieder weer totaal verschillend, gevoel van vervreemding. Deze twijfel, wantrouwen en onverschilligheid kwam dicht in de buurt van een streven naar onafhankelijkheid; en hoewel men te keurig was om de revolutie echt uit te roepen, was het modernisme wel doordrenkt van een geloof in de transformerende kracht van (hoge) kunst. Wat doet de moderne, hedendaagse elite tenslotte anders, dan zichzelf distantiëren van de macht en een wanhopig pessimisme ventileren over het hele leven en de voor de massa geproduceerde cultuur (de ideologische *apparatuses*, om een term van Althusser aan te halen)?[15]

Het geloof in de transformerende kracht van cultuur afkomstig van de Verlichting was net hersteld van de desillusie die de Franse revolutie had opgeleverd, toen het opnieuw vermorzeld werd door de gruwelijkheden van de loopgravenoorlog en de bombardementen van de Eerste Wereldoorlog (net zoals ons geloof in een 'nieuwe gouden eeuw' in onze huidige eeuw kapot werd gemaakt door de oorlog, gold dat aan het begin van de eeuw ook). Het utopische geloof in de menselijke vooruitgang

○   ○   ○

[13] Er is vaak een kleine ruimte toebedeeld aan een aantal documentairemakers, met de nadruk op diegenen die de verschrikkelijke condities in de globale periferie aankaarten.

[14] Modernistische, taalkundige experimenten vallen hier buiten mijn invalshoek.

[15] Dit om te benadrukken dat het grootste gedeelte van de intellectuele klasse direct betrokken was bij het formuleren van de ideologische stellingnamen van de heersende elites. Voor een historisch perspectief op het nog steeds levendig debat over de rol van intellectuelen ten opzichte van klasse en cultuur, en niet te vergeten de natiestaat zie Julien Benda's boek: La Trahison des Clercs (The Betrayal of the Intellectuals; letterlijk 'The Treason of the Learned') uit 1927, dat voorheen in brede kring gelezen werd en nu bijna buiten beeld is.

herstelde in Europa enigszins tussen de oorlogen in, steunend op het universalisme van het linkse gedachtegoed, maar dit werd weer teniet gedaan door de Tweede Wereldoorlog. De opeenvolgende 'extra-institutionele', Europese bewegingen van de avant-garde, zoals Dada en surrealisme, met elke verschillende strategieën om zich te verzetten tegen sociale dominantie en de esthetiek van de bourgeoisie, waren al weer uiteengevallen voordat de oorlog begon. Misschien ligt het in de aard van hun dynamiek dat dergelijke bewegingen geen lang leven zijn beschoren, maar dat neemt niet weg dat ze voortdurend van invloed zijn geweest op moderne voorbeelden van 'criticality'.

Duitsland, dat zichzelf zag als 'de kroonlijst' om de cultuur van verlichting, werd geconfronteerd met de perverse, wrede, totalitaire verbeelding van de Duitse geschiedenis en cultuur door het nazisme. Dit was misschien wel de grootste klap voor het geloof in de transcendentale kracht van cultuur. Het Europa van na de oorlog had veel om kritisch over te zijn, maar staarde in de gapende leegte van de existentiële angst en de eenzaamheid van *Zijn en Nictigheid* (en het jaar Nul). In de periode na de oorlog was men in de Westerse cultuur met name gericht op de catastrofale gevolgen van een atoommacht, van een mogelijk communistisch Armageddon en van de postkoloniale werkelijkheid (verschuiving van de wereldrijken). De kunst die het best geschikt leek om deze moderne last te dragen, was de abstracte schilderkunst; zij ontweek het incidentele ten faveure van een formeel onderzoek en continueerde de zoektocht naar het sublieme. Maar deze schilderkunst werd uitgevoerd door professionelen die in codes communiceerden, die alleen door een kleine minderheid begrepen werden, en daarbij bewust reageerden op andere professionele elites, zoals wetenschappers en hun onderzoekscultuur (bewonderaars van abstracte kunst trekken graag de analogie met de wetenschap). De abstracte schilderkunst was serieus, maar tegelijkertijd ook

gespeend van elke politieke werkelijkheid, dit in tegenstelling tot het sociaal-realisme van de Amerikaanse schilderkunst tussen de oorlogen in. Toen de culturele hegemonie zich van Frankrijk naar de V.S. verplaatste, werd de kritische cultuur het zwijgen opgelegd. Het verschoof naar de marge, waar met name dichters, muzikanten, schrijvers en aantal fotografen en sociaalfilosofen er nog invulling aan gaven. Daartoe hoorden ook de dichters en schilders van de New Yorkse School, die later bekend werden onder de naam abstract expressionisten.

Het succes van het abstract expressionisme was van korte duur: het dubbele effect van publieke erkenning en financieel succes eiste al snel zijn tol. Alle kunst die afhankelijk is van een kritische distantie van de sociale elite – maar zeker de kunst die wordt geassocieerd met een bepaalde mate van transcendentie en dus met een zoektocht naar authenticiteit - heeft moeite zichzelf te verdedigen tegen de aanklacht dat zij een knieval maakt voor het grote publiek. Voor het abstract expressionisme, gedoemd om in de val van vermeende authenticiteit te trappen, betekende haar succes ook tegelijkertijd haar ondergang. Toen ze opeens kapitaal krachtig werd, bewierookt door de regering als een internationaal exportproduct eerste klasse en steeds meer 'gewaardeerd' werd door de exponenten van de massacultuur, ging het abstract expressionisme als beweging, een bonte mix van emigranten en inlandse kunstenaars, uit als een nachtkaars. Aan de carrière van veel deelnemers kwam prematuur een einde.

Net als alle modernistische, hoge cultuur werd het abstract expressionisme opgevat als een vorm van kritische kunst. Toch kwam zij in de context van een uitbundige, democratische consumptiecultuur over als iets dat los stond van de onderwerpen en zorgen van alledag. Hoe kon er tenslotte poëzie bestaan na Auschwitz, of om Adorno te citeren, na de televisie? De bohémien (die semi-artistieke, semi-intellectuele subcultuur waarin men uit

9/APR/10
AFTER 25 YEARS TANYA RUMPFF WILL CLOSE HER EPONYMOUS GALLERY, BASED IN
THE SPAARNWOUDERSTRAAT IN HAARLEM, 1 JULY 2010. THE CLOSURE IS PARTLY
A RESULT OF THE FINANCIAL CRISIS, THROUGH WHICH THE TURNOVER IN THE ART
SECTOR HAS DWINDLED WHILE THE OVERHEADS KEEP RISING SHARPLY.
WWW.KUNSTBEELD.NL

vrije wil arm, miskend en antibourgeois
is) overleefde de nieuwe omstandigheden
van de culturele productie en hun terugkerende patronen in het dagelijkse leven in
het naoorlogse Westen niet. Peter Bürgers
canonieke these over het falen van de
Europese avant-garde in het vooroorlogse
Europa is van grote invloed gebleken op
latere studies van de avant-garde, waarbij
deze steevast wordt beschreven als 'bij
voorbaat ten dode opgeschreven'.[16] Zoals
ik eerder al geschreven heb, waren het
expressionisme, Dada en het surrealisme
bedoeld om voorbij de wereld van de kunst
te reiken en mensen te bevrijden door
de conventionele, sociale werkelijkheid
te ontwrichten. De avant-garde wilde de
individuele productie vervangen door een
meer anonieme en collectieve kunstprak-
tijk. Tegelijkertijd wilde zij de individuele benadering en begrensde receptie
van kunst doorbreken, aldus Bürger.[17] De
kunstwereld werd als gevolg hiervan niet
aangetast, integendeel. Bürger consta-
teerde, en dat is inmiddels ook nagenoeg
bekend, dat de kunstwereld uitdijde en de
avant-gardes in zich opnam, terwijl hun
techniek van 'shockeren en veranderen'
werd omgezet in een voortdurende ver-
nieuwingsdrift.[18] Antikunst werd Kunst,
om hier naar de tegengestelde termen te
refereren die Allen Kaprow in de vroege
jaren zeventig hanteerde in gezaghe-
bbende artikelen over het 'onderwijs van
de niet-kunstenaar' in *Artnews* en *Art in
America*.[19]

In de V.S. werd na de oorlog de zoektocht naar authenticiteit geïnterpreteerd
als het zoeken naar een persoonlijke
zelfrealisatie, de nadruk op esthetiek en
het sublieme waren in een soort algemeen
diskrediet geraakt. Tegen het einde van de
jaren vijftig werd de ontevredenheid over
het leven in het conformistische, tevens
het verdeelde, door mannen gedomineerde
Amerika van Mc Cartney, eerst voorzichtig
geuit in kleine tijdschriften en dagbla-
den, maar uiteindelijk mondde dit uit op
een ware opstand. Men eiste veel meer van
een kritische opstelling, maar tegelijkertijd ook veel minder.

Nadat het fetisjisme van het abstract
expressionisme aan de kant was gezet, nam
de popart haar plaats in. In tegenstelling
tot haar voorganger manifesteerde popart
zich met gemak als een commerciële, maar
geloofwaardige vorm van artistiek entrepreneurschap. Gespeend van elke last kon
men met verve de flamboyante, onauthentieke
kracht van door mensen gemaakte producten
(beter gezegd marktproducten) benadrukken
als een 'tweede natuur'. Pop, belichaamd
door het briljante personage van Andy
Warhol – de Michael Jackson van de jaren
zestig – kreeg erkenning van het massapubliek door het ogenschijnlijk te vleien,
terwijl hetzelfde publiek in feite veracht
werd. Door de kopers van de Campell Soup-
prullenbakken, de posters van Marilyn, de
Jackie multiples of een slap aftreksel van
Warhols beroemde banaan, werd deze bele-
diging niet begrepen en ook de verholen

○　○　○

[16] Zie: Peter Bürger, Theory of
the Avant-Garde (1974), vert.
Michael Shaw (Minneapolis: University of Minnesota Press, 1984),
een boek dat andere critici sterk
heeft beïnvloed – in de V.S. met
name Benjamin Buchloh. In 'Video:
Shedding the Utopian Moment'
(1983) schreef ik dat Bürger
de functie van de avant-garde
beschreef als de zelfkritiek van
de kunst als instituut, waarbij
men zich tegen 'het distributie-
systeem waar het kunstwerk van

afhankelijk was en de status van
kunst zoals dat gedefinieerd werd
door het concept van autonomie
in een burgerlijke samenleving'
keerde. Ik citeerde ook nog de
volgende passage van Bürger: 'De
intentie van de avant-gardist kan
gedefinieerd worden als de poging
om tegenover een praktische, een
esthetische ervaring te stellen
(wat rebelleert tegen de praktijk
van het leven) ontwikkeld door de
Esthetiek. Wat het meest conflic-
teert met de middel-doel rationa-

liteit van de burgerlijke samenleving is om hier het organiserende
principe van het leven te maken.'
[17] Ibid., p. 53.
[18] Ibid., pp. 53-54.
[19] Allan Kaprow, 'The Education of
the Un-Artist, Part I', Art News,
februari 1971; 'The Education
of the Un-Artist, Part II', Art
News, mei 1972; 'The Education of
the Un-Artist, Part III', Art in
America, januari 1974.

kritiek die erin besloten lag niet. Dat gold overigens ook voor de absurdistische kleding van de Britse *mods and rocks* en later voor het fetisjkarakter van de kleding van punks en hiphoppers, surfers en tienerskateboaders; het werd door volwassenen al snel opgevat als een cool modeverschijnsel, zelfs in kleine dorpen en landelijk gelegen winkelcentra, ver van de hoofdsteden van de mode vandaan.[20]

In de jaren zestig zijn we opnieuw getuige van een krachtig moment, misschien niet zozeer wat betreft het uitgesproken, kritische karakter van kunst, maar vanwege de onrust onder kunstenaars. Met name de 'burgerrechten/jeugdcultuur/tegencultuur/antioorlog beweging' gedroeg zich zeer recalcitrant; men probeerde het culturele en politiek landschap opnieuw uit te vinden en te hervormen. Of zij nu de kritische houdingen, die nog steeds sterk aanwezig waren in de intellectuele cultuur afzworen of juist aanhingen; de kunstenaars ergerden zich aan het gebrek aan autonomie dat werd veroorzaakt door de hegemonie van de markt en het succes, die als een strop om de nek van de kunstenaar steeds dichter werd aangetrokken. Al was dit nog niets in vergelijking tot de krachtige marktwerking en institutionele professionalisering waar we in de huidige kunstwereld getuige van zijn. Als gevolg van deze institutionele en economische opleving was er in de jaren zestig sprake van verschillende vormen van verzet door kunstenaars tegen de vercommercialisering, waaronder het bewust toepassen van tactieken die het succesverhaal van de kunst ondermijnen. Men kan discussiëren over het werkelijke effect hiervan, maar men bewerkstelligde tenminste een vorm van artistieke autonomie ten opzichte van de handelaars, musea en de markt, in plaats van inwisselbare objecten te produceren met een herkenbaar handschrift. De zogenaamde 'dematerialisatie': de productie van goedkope, vaak zelf gedistribueerde multiples; samenwerkingsverbanden met wetenschappers (een voortgezette nadruk op het experimentele karakter van de ongeremde artistieke verbeelding); de ontwikkeling van multimedia en 'intermedia' en andere efemere vormen zoals rook en performances die niet gedocumenteerd konden worden; dans gebaseerd op alledaagse bewegingen; het ontleden en op de voorgrond stellen van taal, waarmee een van de belangrijkste taboes van het modernisme werd doorbroken, en zelfs de manipulatie van het beeld met woorden in Wittgensteinsiaanse woordspelletjes en conceptuele kunst; sculpturen gemaakt uit industriële materialen; land art; architecturale deconstructies en fascinaties; het gebruik van goedkope video formats; ecologische onderzoekingen; en ook prominent aanwezig: de alles overkoepelende feministische kritiek.... Al deze kunstvormen verzetten zich tegen de bijzondere, materiële status van het kunstwerk, die boven alle andere elementen van de cultuur werd verheven. Tegelijkertijd trok men de kritische potentie van een dergelijke status in twijfel en wilde men het vermogen van kunstenaars om rationele overwegingen te maken zonder de inmenging van bemiddelaars. Het ter discussie stellen van de kunst als vakmanschap werd door deze, zich tegen de markt verzettende kunstvormen (die natuurlijk ook de grenzen van het Greenbergiaanse modernisme tarten), die de 'vermarkting' van kunst en de voortgaande professionalisering van het kunstenaarschap opzettelijk (carrières) ontweken, voorgezet. Door te benadrukken dat cultuur (en misschien in meer brede zin, de menselijke beschaving) gezien kon worden als iets dat op de eerste plaats wordt gekarakteriseerd door rationele

○   ○   ○

[20] Toch is in aan pop gerelateerde subculturen, van punk tot heavy metal en hun afgeleiden in de skateboardcultuur, authenticiteit een eigenschap van grote betekenis en een belangrijke vereiste voor elke hechte groepscultuur.

keuzen – zoals in de conceptuele kunst – stelde men het beeld van de kunstenaar als zich van de wereld afzonderend genie ter discussie. Tegelijkertijd plaatste men de kunstenaar denkbeeldig op één lijn met professionele vakgenoten uit andere werkgebieden. Toch leverden deze kunst geen directe, fundamentele kritiek op de sociale orde.

Een uitzondering hierop vormde het feminisme in de kunstwereld, dat begon in de late jaren zestig als onderdeel van een brede, zeer kritische politieke beweging. Het feminisme leverde openlijk kritiek op de algemeen geldende opvattingen over de eigenschappen van kunst en kunstenaars en wist uiteindelijk met succes het heersende paradigma dat verantwoordelijk was voor de rangorde en waardering van kunstenaars, te veranderen. De verstrekkende kritiek van het feminisme spoorde alle instituten, of deze zich nu bezighielden met educatie, publiciteit, of tentoonstellingen, op suc-cesvolle wijze aan na te denken over *wat* en *wie* de kunstenaar zou kunnen zijn, van welke materialen kunst gemaakt kan worden en wat kunst *betekende* (zijn betekenissen eenduidig, of liggen ze ook besloten in de formele verwachtingen?). Er ontstonden zo veel bredere, dynamische categorieën. Of het feministische kunstwerk nu de vorm aannam van scherpzinnige sociale obser-vaties, of formele benaderingen als het schilderen van patronen opnieuw toepaste; iedereen begreep het kritische karakter van dergelijke werken vanwege de sociale context waarin het gepresenteerd werd. Hierdoor groeide, zij het tijdelijk, ook de belangstelling voor de inhoudelijke achtergrond, 'subtekst', waartegen kunst-werken gepresenteerd werden, zelfs als het om werken ging zonder verhalende struc-tuur.

Still uit Guy Debord, *In girum imus nocte et consumimur igni*, 1978

Een andere uitzondering op de houding van kunstenaars in de jaren zestig, waren twee, met name in Parijs gevestigde, neo-Dada en neo-surrealistische avant-garde bewegingen: het Lettrisme en de Situationistische Internationale (SI). Beiden hadden de directe kritiek op de overheersing van het alledaagse leven door de massamedia hoog in het vaandel staan. In goed overleg met de grondlegger van de SI, Guy Debord, een filmmaker en schrijver die had besloten dat milieu te verlaten, splitste deze beweging zich op met als breekpunt de vraag of wel of niet elke vorm van deelname aan de kunstwereld moest worden uitgesloten.[21] De groep van 'rejectionisten' is later de geschiede-nis in gegaan als de Situationistische Internationale zoals wij die nu kennen, en heeft sinds de jaren tachtig opnieuw veel erkenning gekregen in de kunstwereld door de hernieuwde belangstelling voor Debords *La Société du spectacle* (1967). In een mooie serie genummerde statements en beweringen beschrijft dit boek hoe het onderliggende principe van marktproducten

○ ○ ○

[21] Debord was ook, samen met Isidore Isou, lid van de Let-tristen, die zij tegelijkertijd verlieten.

22/APR/10
HANS HOOGERVORST, CHAIR OF THE AUTORITEIT FINANCIËLE MARKTEN [AUTHORITY ON
FINANCIAL MARKETS], DOES NOT SEE ANY OBJECTIONS FOR SCHERINGA. IF HE ABIDES BY THE
RULES HE CAN LAUNCH ANOTHER BANK, ACCORDING TO HOOGERVOORST IN NRC. DURING THE
CONFERENCE SCHERINGA PLEADED FOR A UNIVERSITY COURSE FOR SUPERVISORS. THAT WOULD
PREVENT THE NEED FOR THEIR RECRUITMENT AMONG INSTITUTIONS THEY NEED TO SUPERVISE.
WWW.FX.NL

zich ontwikkelde tot een spectaculair wereldbeeld, waarbij de dominantie van kapitalistische samenlevingen en staten van de arbeidersbevolking in het naoorlogse tijdperk in stand werd gehouden door een in essentie vals beeld van de wereld, gecreëerd en onderhouden door moderne media als film, televisie et cetera. Het spektakel is een relatie tussen mensen, niet tussen beelden, aldus Debords materialistische, Marxistische interpretatie. De interesse in Debord was symptomatisch voor een nieuwe theoretische belangstelling in de jaren zeventig voor (met name) media theorie, dit gold ook voor de post-BeauxArts, post-Bauhaus, postmoderne kunsteducatie in de V.S. Kunstenaars werden geschoold om les te geven om zo in hun onderhoud te kunnen voorzien en hun praktijk te kunnen financieren. Ze hoefden ze niet meer per se een markt voor hun kunst te vinden. Dit nieuwe 'kunstacademisme' stimuleerde de kritische houding in de kunst en andere vormen van op theorie geïnspireerde productie.[22]

Onder de naoorlogse regeringselite en hun organisaties (inclusief de Ford Foundation) leefde de algemene opvatting dat het stimuleren van 'creativiteit', in wat voor vorm dan ook, goed was voor de nationale beeldvorming. Deze hang naar oorspronkelijk onderzoek in wetenschap, technologie en kunst, dat niet werd belemmerd door vooropgezette boodschappen, werd het uithangbord voor de Amerikaanse vrijheid (van denken, van keuze...). Het maakte het verlangen van kunstenaars om afstand te nemen van de markt en bepaalde ideologische mechanismen er gedurende de hele jaren zestig alleen maar problematischer op. President Johnsons 'Great Society' bestond onder andere uit een ambitieuze visie op het uitbreiden van de publieke ondersteuning van de kunsten. Naast directe steun aan instellingen, critici en kunstenaars kregen ook non-profit instellingen, door kunstenaars geleide galeries en andere vergelijkbare initiatieven geld van de staat. Met als gevolg een grote uitbreiding van niet-commerciële kunstvormen als video en performance, die helaas alleen in andere kunstenaars een publiek vonden. In de jaren zeventig werden de ideologische *apparatuses*, de media, musea en commerciële galeries, ingezet om de autonomie van de kunstenaar weer in te dammen, de kunstenaars terug naar de kunstinstellingen te brengen en hun werk weer te gelde te maken.[23] Precies op het moment dat onder Reagan de publieke ondersteuning van kunst werd teruggeschroefd, zo niet vernietigd, slaagde een kleine Europees-Amerikaanse groep van handelaren er aan het einde van het decennium in om een nieuwe trend in de markt te zetten van grote en goed verkopende neo-expressionistische schilderijen. Het kunstonderwijs ging langzamerhand het idee overnemen dat ze hun afdelingen en scholen aantrekkelijk konden maken door studenten te helpen nieuw en vooruitstrevend werk te maken, dat hen de toegang tot een galerie zou verschaffen. Het langzame verval van de 'theoretische cultuur' in de kunst en het onderwijs was toen begonnen.

De rechtse, Republikeinse aanval op de relatief autonome, symbolische expressie van de jaren tachtig tot midden jaren negentig staat bekend als de 'cultuuroorlog'; van een cultuuroorlog is overigens nog steeds sprake, al zijn de aanvallen op kunst veel minder heftig dan op andere vormen van culturele uitingen.[24] Rechts

○ ○ ○

[22] Sommige 'art departments' van universiteiten hamerden erop dat ze 'fine arts departments' waren, en geen onderwijs wilden geven in bijvoorbeeld grafische vormgeving of andere commerciële vakken.

[23] Dit voert eveneens terug op Althusser.
[24] De 'cultuuroorlogen' maken onderdeel uit van een bredere poging om de sociale identiteit, zeden en gedrag verbonden met de sociale bewegingen uit de jaren zestig, met name in relatie tot het vraagstuk van 'verschil', te demoniseren.

georiënteerde elites slaagden erin bepaalde vormen van kunst te stigmatiseren
en zo uit te sluiten van publieke ondersteuning. De pogingen om sommige kunstwerken te brandmerken als 'communistisch',
ergo politiek geëngageerd, of subversief,
werkten niet meer de in jaren tachtig. In
plaats daarvan namen de censuurcampagnes
de vorm aan van het bewust aanwakkeren
van morele verontwaardiging om de gezags-
getrouwe religieuze fundamentalisten te
mobiliseren zich te verzetten tegen de
vernieling van de normen van de liberale
welvaartstaat, ofwel de 'gemeenschap'. Het
leek wel enigszins op de lastercampagnes
tegen de *Entartete Kunst* door de nazi's.
Verzamelaars en verzamelende instellingen
beschouwde het succes van dergelijk werk
– dat vaak het thema van de sekse en de
seksuele ongelijkheid aansneed (dit werd
later identiteitspolitiek genoemd) in tegenstelling tot onderwerpen als arbeid en
macht: die in eerdere periodes de speer-
punten van culturele gevechten waren - als
een pluspunt. Berucht zijn was bepaald
niet onfortuinlijk.[25] Zelfs het werk van
de meeste beschimpte kunstenaars deed
het juist goed op de markt vanwege hun
bekendheid. Maar de meeste publieke kunstinstellingen voelden zich aangevallen en
reageerden daar op door 'criticality' te
vermijden; immers het museumpersoneel en
hun financiële armslag waren afhankelijk
van publieke financiering. Opeenvolgende
generaties van kunstenaars, die vreesden
dat 'moeilijke' inhoud hun toegang tot
succesvolle kunstkringen zou belemmeren,
paste een vorm van zelfcensuur toe. Het is
enigszins pervers te noemen dat het succes
van de censuurcampagnes deels terug te

voeren is op de mythe van een klasseloze,
uniforme cultuur die uitgaat van het valse
voorwendsel dat in de V.S de kunst en cultuur voor iedereen bedoeld was en dat er
weinig voorkennis en onderwijs nodig is,
of zou moeten zijn, om de kunst te begrijpen. Zoals ik hier en elders al eerder
hebt benadrukt: het vermogen om kunst te
lezen is een verworvenheid van kennis en
onderwijs, dat een relatief klein publiek
aanspreekt, dat al de juiste vaardigheden
bezit om het werk te ontcijferen.

Maar er is nog een andere kant aan
deze strijd om het symbolisch kapitaal.
De kunstwereld heeft zich de afgelopen
decennia enorm uitgebreid en is, hoewel
er nog steeds lokale markten bestaan, in
zekere zin uniform geworden. Deze markt is
'globaal' in omvang en beladen met kwes-
ties die ver afstaan van de vraag of de
artistieke praktijken politiek of kritisch
georiënteerd zijn. Dertig jaar van op
theorie geïnspireerde kunstproductie en
kritische receptie - wat een deel van het
kunstdiscours binnen de kunstacademie
heeft gebracht, waar deze werd afgescherd
van de markt, maar er ook een dekmantel
voor werd - heeft zeker bijgedragen aan

○ ○ ○

[25] Buiten het voorbeeld van het
feminisme dat ik aanhaal, is dit
niet de plek om te discussiëren
over het belang van de nieuwe,
sociale bewegingen uit de jaren
zestig en daarna. Ik probeer hier
eenvoudigweg te wijzen op het
vermogen van kunstinstellingen
en de markt om een werk van zijn
relevantie te ontdoen. De term
'politieke kunst' wordt altijd,
en dat is duidelijk zichtbaar,
gereserveerd voor werk dat is
gebaseerd op de analyse van en
kritiek op de staat, loondienst,
economische relaties et cetera,
waarbij de relatie met seksuali-
teit altijd wordt weggelaten.

het produceren van kunstenaars die in hun praktijk ruimschoots gebruik maken van 'criticality' en het opzettelijk gebruik van niet-commerciële kunstvormen.[26]

Nadat de term 'politieke kunst' in de jaren zeventig werd gebruikt om werk te marginaliseren, dook het opnieuw op. Sommigen hoopten dat de kunst er enig aanzien mee zou krijgen, anderen hanteerden de term afwijzend, maar over het geheel genomen kreeg hij een steeds positievere connotatie. Nog beter waren andere, beleefdere vormen van 'criticality': het mooi bureaucratisch klinkende 'institutionele kritiek', en het wat meer onheilspellend klinkende 'interventionisme'. Ik laat het graag aan anderen over om de nuances in het (betekenisvolle) onderscheid tussen deze twee termen te beschrijven, hier zij slechts opgemerkt dat het eerstgenoemde gaat over een ironische positie van kunstenaars in de jaren zestig en zeventig die probeerden de instituten te slim af te zijn, terwijl het laatstgenoemde over het tegenovergestelde gaat: een beweging buiten het museum, zij het wellicht van binnenuit geënsceneerd. Hiermee werd overigens de deelname aan de kunstwereld niet uitgesloten, maar werd juist geaccepteerd dat instellingen het geschikte – en misschien ook enige – platform voor de kunstenaar zijn.[27] Recentelijk werd de institutionalisering nog bevestigd door de opkomst van een subgenre dat 'nieuw institutionalisme' wordt genoemd (die term is ontleend aan een tak van de sociologie die er niets mee te maken heeft), wat verwijst naar sympathieke, jonge curatoren die de 'geëngageerde' praktijken binnen de muren van de instellingen willen brengen.

Dit veronderstelt de brede consensus dat de kunstwereld terwijl zij uitdijt,

een speciaal soort subuniversum vormt van discoursen en praktijken met permeabele wanden, die drijven in de zee van grotere culturen. Misschien is dit wel de manier voor kunstenaars om in het reine te komen met de manier waarop de massacultuur en de celebrity-cultus de hoge cultuur overheersen, wat kunstenaars in de jaren zestig nog in paniek bracht. Kunstenaars lijken nu eerder op zelfverkozen 'kunstwerkers', die tegelijkertijd ook de geprivilegieerde leden van hun eigen specifieke, culturele kring hopen te zijn. In de praktijk verrichten ze weinig 'arbeid', net als financieel analisten vertrouwen ze op hun *brainpower* en ondernemerschap om voldoende winst op te strijken. Gezien vanuit deze context zou je categorieën als 'politieke kunst', 'kritische kunst', 'institutionele kritiek' en 'interventionisme' kunnen zien als een manier om de nazaten van de kunst vanuit verschillende gezichtspunten te bekijken, onder de algemene rubricering van 'conceptuele kunst': sommige benaderingen geven de voorkeur aan analyses en symbolische 'interventies' in de instellingen in kwestie, andere aan externe, publieke acties.

Een meer algemene beschouwing van het karakter van begrippen als 'werk' en 'onderwijs' zelf is hier op zijn plaats. Eerder in deze tekst stelde ik al dat we getuige zijn van een proces waarin het model van de kunsteducatie als een zoektocht naar betekenis (en van het liberale model van hoger onderwijs in zijn algemeenheid) verlaten wordt. Het zogenaamde succesmodel is hiervoor in de plaats gekomen... 'Weg met het kritische onderzoek!' Veel waarnemers hebben de opkomst van de 'nieuwe, flexibele persoonlijkheid' in het huidige internationale werkklimaat

○ ○ ○

[26] Denk hierbij ook aan mijn eerdere opmerkingen over de academisering van het kunstonderwijs en de functie van kunstgeschiedenis, een functie die nu ook aan de kunstkritiek wordt toebedeeld.
[27] Een favoriete slogan in die tijd was 'There is no outside'. Een andere, beter bekende slogan was 'Think different', een slogan die het beeld van krachtige leiders van sociale bewegingen of 'pioniers' van de wetenschappelijke revolutie moest oproepen, en daarmee het buiten gebaande paden treden suggereerde, terwijl men deze in de praktijk niet verliet. Zie ook bovenstaande opmerkingen over Bürger en de theorie van avant-garde.

becommentarieert: een ideaal type werker, perfect geschikt voor een leven zonder de zekerheid van een vaste baan, die in staat is om een marktgerichte persoonlijkheid van zichzelf te maken en werkgevers te overtuigen van zijn/haar aanpassingsvermogen aan de nieuwe eisen van de banenmarkt. Criticasters als Brian Holmes hebben de toepasbaarheid van dit model op kunst en intellectuelen beschreven.[28] Bill Readings (1960-1994), die professor Vergelijkende Literatuurwetenschappen was aan de Université de Montréal, kaartte in zijn postuum uitgebrachte boek *The University in Ruins* (1997) aan dat universiteiten niet langer 'de hoeders van de nationale cultuur' zijn, maar lege instituten die een abstract begrip van excellentie verkopen.[29] De universiteit, zo schrijft Readings, is 'een autonome, bureaucratische onderneming', gericht op het onderwijzen van 'economisch management' in plaats van 'cultureel conflict'. De Engels-Amerikaanse stadsgeograaf

David Harvey, die het boek van Readings recenseerde in de *Atlantic Monthly*, merkte op dat de moderne universiteit 'zich niet langer bekommert om waarden, ideologieën, of zelfs mondaine zaken zoals leren om na te denken. Het is simpelweg een markt geworden voor de productie, uitwisseling en consumptie van zinvolle informatie – tenminste voor bedrijven, regeringen en hun toekomstige werknemers.'[30] Wat betreft de 'productie van subjectiviteit' in deze context, schrijft Readings – en hij citeert daarbij de Italiaanse filosoof Giorgio Agamben – dat het niet langer om gehoorzaamheid op de werkvloer of bestuurlijke rationaliteit gaat, maar om vaak geprezen termen als 'flexibiliteit', 'persoonlijke verantwoordelijkheid', 'communicatieve vaardigheden' en andere 'rampzalig abstracte beelden'.[31]

Het grootste gedeelte van de geschoolde klassen behoort nu tot een nieuwe kleine, planetaire bourgeoisie, waarin alle andere klassen zijn opgelost, aldus Agambens

○ ○ ○

28 Zie Brian Holmes, 'The Flexible Personality: For a New Cultural Critique' (2001), http://theadventure.be/node/253, of op www.16beavergroup.org/pdf/fp.pdf, en vele andere sites; Holmes voegde een korte toelichting toe aan zijn publicatie op eipcp (european institute for progressive cultural policies), http://transform.eipcp.net/transversal/1106/holmes/en.
29 Bill Readings, The University in Ruins (Cambridge, Mass.: Harvard University Press, 1997). De relatieve onbekendheid van Readings' boek lijkt te maken te hebben met zijn plotseling dood net voordat zijn boek uitkwam, waardoor hij onbeschikbaar was voor toelichting op zijn stellingnames of een promotietour.
30 David Harvey, 'University, Inc., review of The University in Ruins, by Bill Readings', The Atlantic (October 1998). Beschikbaar online via www.theatlantic.com/issues/98oct/ruins.htm. Er

kan geen beter voorbeeld gevonden worden van de postfordistische omstandigheden van intellectuele arbeid en het klaarstomen van 'arbeiders' voor de kennisindustrie, dan het gevecht over de eerste publieke universiteit in de V.S.: de 'University of California system'. Dit was dee plek waar de zogenaamde 'multiversity' werd geboren zoals Clark Kerr zich voorstelde bij de ontwikkeling van het masterplan voor de UC aan het begin van de jaren zestig. Met behulp van staatssteun werden publieke universiteiten opgericht met als doel plaatselijk professionele elites op te leiden. Maar toen het alternatieve Californische systeem een proces van openlijke en verborgen privatisering onderging en gigantisch werd ingekrimpt als gevolg van de schulden van de staat, bracht de president van dit systeem argeloos te berde, dat het hoger onderwijs meer een onderwerp voor de twintigste

eeuw is omdat mensen nu meer geïnteresseerd zijn in zorg. Met de nodige humor vergeleek hij de universiteit met een begraafplaats. Deborah Solomon, 'Big Man on Campus: Questions for Mark Yudoff', New York Times Magazine, September 24, 2009, www.nytimes.com/2009/09/27/magazine/27fob-q4-t.html?ref=magazine). Het plan voor het Californische systeem is nu om het aantal studenten uit Californië terug te brengen en deels te vervangen door internationale studenten en studenten van buiten de staat die meer collegegeld betalen. En om nog een vergelijking te maken, men beweert wel dat Californië nu meer geld aan het gevangeniswezen spendeert dan welke staat dan ook, maar slechts op de 48e plaats staat waar het de uitgaven aan onderwijs betreft.
31 Bill Readings, The University in Ruins (Cambridge, Mass.: Harvard University Press, 1997), p. 50.

provocerende bewering. De oude bourgeoisie en het stedelijke proletariaat hebben zich bij de nieuwe bourgeoisie aangesloten of zijn hierin opgelost, maar hebben wel hun economische kwetsbaarheid geërfd. Dat er hierdoor een eind komt aan een herkenbare, nationale cultuur ziet Agamben als een confrontatie met de dood, waaruit een nieuwe identiteit kan worden geboren – of niet. Een andere Italiaanse filosoof, Paolo Virno, sprak zijn zorg uit over het karakter van het nieuwe, globale arbeidsklimaat in de huidige postfordistische maatschappij. Zijn stellingname krijgt een nieuwe wending in een boek als *The Grammar of the Multitude*, een dun boekje gebaseerd op zijn lezingen.[32]

'De verwantschap tussen een pianist en een ober, die Marx had voorzien, wordt onverwacht bevestigd in een tijdperk waarin het werken in loondienst iets gemeenschappelijks heeft met de "performance kunstenaar". (...) De saillante trekken van de postfordistische ervaring (slaafse virtuositeit, het uitbuiten van het kernvermogen van taal, de onfeilbare relatie tot "de aanwezigheid van de ander", et cetera) veronderstelt, als een soort conflictueuze vergelding, niets minder dan een radicaal nieuwe vorm van democratie.'[33]

Virno beweert hier dat de nieuwe vormen van globale, 'flexibele arbeid' het ontstaan van nieuwe vormen van democratie hebben bevorderd. Van oudsher bestaande begrippenparen als publiek/privé en collectief/individueel verliezen hun betekenis en collectiviteit neemt op nieuwe manieren vorm aan. De massa en immateriële arbeid produceren subjecten die 'het midden houden tussen individueel en collectief' en die zo de mogelijkheid hebben om een andere relatie tot de maatschappij,

de staat en het kapitaal op te bouwen. Het is verleidelijk om de nieuwe vormen van communicatie die bij dit werk horen, het ontstaan van 'een radicale, nieuwe vorm van democratie' toe te dichten.

Laten we vanuit de verklaringen van de kenmerken van moderne arbeid – in een tijdperk van een bedrijfscultuur waarin het ideale personeel bestaat uit stedelijke inwoners die door Richard Florida 'creatieven' worden genoemd – enkele observaties doen over kunstenaars-in-opleiding. Studenten hebben inmiddels geleerd zichzelf te richten op een 'handschrift' dat niet het object, maar de persoonlijkheid centraal stelt. De cultivering van deze persoonlijkheid wordt volgens bezorgde schoolbesturen gehinderd door de *critical studies*, en door vakmanschap (vakmanschap wordt hier niet opgevat zoals in de Middeleeuwen, toen er sprake was van gilden met leden die hun specifieke kennis beschermden, maar als onderdeel van de geïndividualiseerde, commerciële productie). Het onderwijs op haar beurt staat onder druk 'kunst' niet langer uitsluitend te definiëren als een besloten discours waartoe de praktijk van de kunstenaar hoort, maar meer in termen die men gebruikt voor andere culturele objecten. Studeren en het onderwijs in klassen wordt vervangen door het werk voorbereiden in je studio en presenteren aan een hele batterij aan genodigde en betaalde recensenten/critici (daarbij doet de eerste denken aan een trainingskamp voor rekruten en de tweede aan een lichte vorm van corruptie).

We mogen aannemen dat wij, de bewoners van de kunstwereld, neoliberalen zijn geworden. We vinden alleen nog bevestiging bij het op marktproducten gerichte systeem van galeries, musea en tijdschriften, en bevinden ons in feite in een klimaat van voortdurende, internationale concurrentie

○   ○   ○

[32] Paulo Virno, A Grammar of the Multitude: For an Analysis of Contemporary Forms of Life, vert. Isabella Bertoletti, James Cascaito en Andrea Casson (Cambridge, Mass.: Semiotext(e), 2003), ook beschikbaar online op www.generation-online.org/c/fcmultitude3.htm. Ik heb deze discussie over Virno's werk overgenomen van een online essay van mij op linksgeoriënteerde blogs in de V.S.
[33] Virno, Grammar, pp. 66-67.

(al hebben sommigen van ons ook voordelen los van onze artistieke talenten). Deze positie werd ter discussie gesteld aan het begin van dit essay door een jonge kunstenaar van in de twintig, die zich afvroeg of het een standaardpraktijk is onder ambitieuze kunstenaars om zichzelf aan de rijken te verkopen in het buitenland.

Maar laten we nu even de kunstwereld als gemeenschap in beschouwing nemen – in Benedict Andersons woorden, een imaginaire gemeenschap – van het meest krachtige soort, een postnationale, waarin men steeds nauwer contact onderhoudt met elkaar door middel van nieuwe systemen van publiciteit en communicatie naast meer traditionele tijdschriften, persberichten en informele organen (een echte imaginaire notie wordt het echter niet en dat is Andersons echte zorg).[34]

De internationale kunstwereld (ik behandel het hier als een systeem) treedt het globale tijdperk van de 'flexibele accumulatie' binnen – een term die sommige linkse sympathisanten prefereren als een historische periodisering boven '(economisch) postmodernisme'. Na de eerste aarzeling over het nieuwe, globale beeldspel (waarin de belangrijkste competitie die van de massacultuur is), reageerde de kunstwereld met het ontwikkelen van verschillende systemen voor de regulering en standaardisering van markten. Laat ik nu even stilstaan bij de ontwikkeling van dit nieuwe systeem zelf.[35]

De kunstwereld had al eerder een moment van internationalisering gekend, met name in de periode tussen de oorlogen, toen de architectuur, design en kunst van de Internationale Stijl bijdroegen aan het smeden van een eenheid in de stijl van elitaire, culturele producten en de gebouwde omgeving van over de hele wereld. Hoewel deze stijl door opkomende nationalismen slechts in geringe mate werd aangepast, verloor de Internationale Stijl haar relevantie in de tweede helft van de twintigste eeuw. In het nieuwe, globale tijdperk waarin wij leven zijn drie ontwikkelingen te onderscheiden, die de zichtbaarheid en de macht van de kunstwereld versterken. Op de eerste plaats hebben lokale overheden geprobeerd hun houvast op de kunstwereld te kapitaliseren door gebouwen te laten ontwerpen door sterarchitecten. Deze sterarchitectuur is echter slechts een ontwikkeling op kleine schaal. Het trekt toeristen aan, maar fungeert daarnaast met name als het symbool voor de stad of regio waarin het gebouw verrijst, die als een serieuze speler-in-het-veld wil worden gezien in het systeem van de wereldeconomie. Maar het Bilbao-effect is niet altijd zo krachtig als men hoopt. Het tijdperk van de blockbusters, volgens sommigen uitgevonden in de jaren zeventig door Thomas P.F. Hoving van het Metropolitan Museum of Art in New York, loopt op z'n einde: het is meer het omhulsel dat de attractie vormt, niet zozeer de inhoud. Dit bespaart musea in ieder geval de toenemende uitgaven van dure verzekeringen.

Belangrijker zijn twee andere, hedendaagse, steeds terugkerende procesmatige ontwikkelingen. Als de eerste: de hypostaserende biënnales van de jaren negentig. Hun grote toename heeft inmiddels voor de

○ ○ ○

[34] Zie Benedict Anderson, Imagined Communities: Reflections on the Origin and Spread of Nationalism (New York: Verso, 1983).
[35] Ik zal hier niet de kwestie van de musea, hun reactie op de huidige crisis en de definitie en rol van het museum in de eenentwintigste eeuw aan de orde stellen. Ik wil alleen opmerken dat sommige elitaire musea het blijkbaar noodzakelijk vinden om de bezoeker een pakket high-end ervaringen aan te bieden om zichzelf daarmee te onderscheiden van onze snel uitdijende, verzakelijkte 'ervaringseconomie'. Op het moment is de belangrijkste troef van deze poging om weer de eerste plaats in te nemen gericht op het verheffen van de minst commerciële vorm: performance kunst, de vorm die bij uitstek geschikt is om museumgangers lichamelijke en niet-verhalende ervaringen aan te bieden (en tot dusver vrij strikt gescheiden van de alledaagse wereld of van 'politiek' maar wel sterk in de wereld van de esthetiek gesitueerd).

22/MAY/10
THE FORMER SCHERINGA MUSEUM FOR REALISM WILL DISCONTINUE BUILDING WORK ON
THE NEW MUSEUM BUILDING IN OPMEER, IN NORTH-HOLLAND. THERE APPEAR TO BE
INSUFFICIENT STRUCTURAL FINANCIAL MEANS TO HOUSE THE MUSEUM IN THE BUILDING
CURRENTLY UNDER CONSTRUCTION, THE DIRECTORS HAVE ANNOUNCED ON MONDAY.
WWW.PAROOL.NL

nodige kritiek gezorgd. Toch markeren deze internationale biënnales een belangrijk moment in de verbreding van het globale kunstsysteem omdat ze lokale instituten in staat stellen een bijdrage te leveren. Dankzij biënnales zijn stedelijke platformen met een nationaal belang in het internationale circuit opgenomen; ze bieden tijdelijk een nieuwe, fysieke locatie voor de kunst en de kunstwereld. Een zijdelings effect van het verheffen van een lokale ontmoetingsplaats, tot wat je enigszins bot de status van een plek van 'wereldklasse' zou kunnen noemen, is dat het lokale publiek wordt geïnformeerd over de eigenschappen van de nieuwe, internationale stijl in de kunst. Maar wil een biënnale echt effectief zijn, dan moet het publiek wel uit het buitenland komen. Het biënnalemodel zorgt niet alleen daadwerkelijk voor een nieuw circuit, maar ook voor een regime van productie en normalisering. In perifeer gelegen steden en regio's is het niet ongebruikelijk voor kunstenaars dat ze eerst naar hoofdsteden uit 'de eerste wereld' verhuizen (Londen, New York, Parijs, Berlijn: steden die worden beschouwd als een portaal naar het globale marktsysteem), om vervolgens naar hun eigen land terug te keren om 'ontdekt' te worden. Dankzij het vliegtuig is het niet moeilijk om voortdurend contact met het geboorteland te onderhouden. Deze manier van werken is overigens kenmerkend voor allerlei soorten van rondreizende arbeid die de kapitaalstromen volgt.[36]

Protestdemonstratie Resistanbul
5 september 2009

Recentelijk ontving ik een lange e-mail in de vorm van een manifest, bedoeld als een 'open brief aan de Biënnale van Istanbul'. Het is een goed voorbeeld van de huidige kritiek op biënnales met een politieke ambitie (ook een eigenschap van de laatste editie van de documenta in Kassel, Duitsland.)[37] De e-mail was ondertekend door een groep die zichzelf Resistanbul Commissariaat voor Cultuur noemt:

We moeten stoppen met beweren dat de populariteit van politiek geëngageerde kunst in de musea en op de kunstmarkt iets te maken heeft met het daadwerkelijk veranderen van de wereld. We moeten stoppen met beweren dat het nemen van risico's vanuit de ruimte van de kunst, het overschrijden van grenzen, het negeren van culturele conventies en het maken van kunst over politiek, enig verschil uitmaakt. We moeten stoppen met beweren dat kunst een vrije ruimte is, die buiten het web van kapitaal en macht staat. (...)

○   ○   ○

[36] Na afloop van dit artikel heb ik Chin-Tao Wu's 'Biennials Without Borders?'gelezen in New Left Review 57 (mei–juni 2009): pp. 107-115, waarin prachtige passages en analyses te vinden zijn die vergelijkbare argumenten ondersteunen. Wu analyseert het specifieke patroon van de selectie van kunstenaars uit landen uit de globale 'periferie'.
[37] De 11e Biënnale van Istanbul was te zien van september tot november, 2009 en werd samengesteld door een collectief uit Zagreb met de naam What, How, and for Whom (WHW). De leden van WHW zijn Ivet Ćurlin, Ana Dević, Nataša Ilić en Sabina Sabolović. De groep die in 1999 werd opgericht, leidde sinds 2003 Gallery Nova. De titel van de biënnale was ontleend aan een lied van Bertolt Brecht: 'What Keeps Mankind Alive?'.

Het is al lang duidelijk dat de Biënnale van Istanbul erop gericht is om een van de meest politiek geënga- geerde transnationale kunstevenementen te zijn. Dit jaar citeert de biënnale kameraad Brecht, wordt er een term als neoliberale hegemonie in de mond geno- men en wordt er gerept van een kruis- tocht tegen het globale kapitalisme. We waarderen een dergelijk standpunt, maar we beseffen dat kunst nooit als een aparte categorie naast het leven had moeten ontstaan. Daarom schrijven

we u en vragen we u te stoppen samen te werken met de wapenhandelaren. (...)

De curatoren vragen zich af of de vraag van Brecht: "What Keeps Mankind Alive?" nog steeds urgent is voor diegenen die in de neoliberale samenleving leven. Wij stellen hier de volgende vraag tegenover: "What Keeps Mankind Not- Alive?". Wij erkennen de urgentie in deze tijden dat als we niet het recht hebben om te werken, we geen gratis gezondheidszorg krijgen en onderwijs; dat het recht op onze steden, pleinen en straten wordt overgenomen door bedrijven; dat ons land, eten en water wordt gestolen; dat we in de onzeker- heid worden gestort, in een leven zonder zekerheden; dat we gedood worden als we hun grenzen overtreden en worden achtergelaten om te leven met een on- zekere toekomst, die in het teken staat van hun potentiële crisissen. Maar wij vechten. En wij verzetten ons op straat en niet in de commerciële ruimten die gereserveerd zijn voor het tolereren van institutionele kritiek, en hun helpen om hun geweten te verschonen. We vochten toen ze ons uit onze buurten wilden verdrijven.(...)

Het bericht gaat nog verder en somt de punten van strijd op in Turkije over goede woningen, veiligheid, bescherming van arbeid et cetera., die ik hier uit oogpunt van de lengte van de tekst niet kan vermelden.[38] Ik was echter met name geïnteresseerd in de impliciete, eerder geuite beschuldiging dat sociaal-kritische en politieke kunst saai en negatief zou zijn, wat in het volgende fragment wordt aangekaart:

De curatoren lichten ook toe dat een van de belangrijkste vragen van de biënnale is "hoe men weer plezier kan hebben en hoe men de revolutionaire rol van vermaak weer in kan nemen." Wij vullen de straten met plezier, ónze straten. Wij waren in Praag, Hong Kong, Athene, Seattle, Heilegendamm [sic], Genua, Chiapas en Oaxac, Washington, Gaza en Istanbul![39] De revolutionaire rol van vreugde is daar aanwezig en we koesteren het overal omdat we moeten overleven en we weten dat we de wereld veranderen met onze woorden, met onze daden, met onze lach. En ons leven zelf is de bron van allerlei soorten van plezier.

Het bericht van Resistanbul Commissariaat voor Cultuur eindigt als volgt:

Sluit je aan bij het verzet en de oproer van de verbeelding! Ontruim alle be- drijfsruimten, bevrijd je werken. Laten we werken en drukwerk voorbereiden (posters, stickers, stencil et cetera) voor op de straat en voor tijdens de dagen van verzet. Laten we samen dingen maken en niet in de white cube, maar op de straten en pleinen tijdens de verzetsweek

Creativiteit is van iedereen en kan niet worden gesponsord.

○   ○   ○

[38] De volledige versie van de brief is online te vinden hier http://etcistanbul.wordpress. com/2009/09/02/open-letter/.

[39] Belangrijke locaties waar gearrangeerde publieke demonstraties plaatsvonden tegen neoliberale economische

organisaties en internationaal gesanctioneerde repressie en dominantie van de staat.

26/MAY/10
GREECE'S ECONOMIC PROBLEMS ERUPTED AT THE COUNTRY'S BEST-KNOWN
ANCIENT SITE TUESDAY, AS UNPAID CULTURAL HERITAGE WORKERS HECKLED
THE COUNTRY'S CULTURE MINISTER DURING A TOUR OF NEWLY COMPLETED
RESTORATION WORK ON THE ACROPOLIS.
WWW.ARTDAILY.ORG

Lange leven de wereldopstand!

Deze 'open brief' benadrukt hoezeer biënnales, of andere goed zichtbare tentoonstellingen die beweren politieke thema's aan te kaarten, onderhevig zijn aan kritiek, ook al is het niet voor de hand liggend dat deelnemers en bezoekers een dergelijke e-mail ontvangen.[40] Zoals deze brief impliceert worden afwijkende en dissidente meningen zonder de pretentie om een opstand of wanorde te ontketenen, vaak genoeg opgenomen in tentoonstellingen, maar ook in instituties zoals universiteiten en liberale maatschappijen. Neerbuigende reacties in de trant van 'Is ze niet mooi als ze boos is!' zijn helaas ook effectief. Neem President Bush, hij noemde het geschreeuw van protesterende burgers met een lach op zijn gezicht het bewijs van de kracht van 'onze' vrijheid van meningsuiting, terwijl ze tegelijkertijd uit het gebouw werden verwijderd. Maar ik wil beweren dat de onmiskenbare kritiek die door Resistanbul wordt geuit, pogingen tot een institutionele hervorming uiteindelijk niet ongeldig maakt. Bewegingen tegen een institutionele consensus zijn dynamisch en voorlopig. (zie hieronder)

De beschuldigingen van pure symboolpolitiek of hypocrisie kunnen makkelijk ontweken worden door ons tot de tweede methode van de globale kunstwereld te richten: de kunstbeurs, want beurzen beloven niets anders dan kopen en feestjes; de aantrekkingskracht van plezier. In een korte periode heeft er een opmerkelijke toename van kunstbeurzen plaatsgevonden wat een goede graadmeter is voor de monetarisering van de kunstwereld. Investeerders, verzamelaars en klanten hebben de behoefte aan een intern proces van kwaliteitscontrole van zich af geschud in ruil voor de snelle toename van financiële waarde, prestige en aanzien. Sommige belangrijke kunstbeurzen hebben elders nieuwe satellietbeurzen opgericht.[41] Andere belangrijke beurzen zijn satellieten geworden die de oorspronkelijke versie voorbij zijn gestreefd en vanuit de periferie van het circuit naar het centrale toneel van de kunstwereld zijn verschoven. Op kunstbeurzen worden kunstwerken bekeken vanuit het financiële perspectief van een goed verkoopbare portfolio, terwijl buiten de beurs plezier (feesten en diners), glamour (opzichtige consumptie) en shoppen (ook van niet-kunst) de *selling points* zijn van de beste bezochte beurzen – die in Miami, New York en Londen (en natuurlijk Basel als de eerste). Galeristen betalen veel geld om er aan deel te kunnen nemen, terwijl het succes van de beurs als zakelijke onderneming afhangt van het talent van een galerist om goed te verkopen, zodat ze de daaropvolgende jaren weer terug willen komen.

Videostill uit Jesse Jones, *The Rise and Fall of the City of Mahogany*, 2009.

Gemeentelijke en nationale partijen hebben geen discursief raamwerk nodig voor succesvolle investeringen in de kunstmarkt. Toch proberen kunstbeurzen, wat oppervlakkige kennis tussen de stands,

○   ○   ○

[40] Maar er kunnen hun wel flyers aangeboden worden.

[41] De Shanghai Contemporary Art Fair (waar dit artikel voor het eerst werd voorgedragen) is een afgeleide van de Bologna Art Fair.

29/MAY/10
STEDELIJK WILL OPEN WITH LIMITED VISITING HOURS. THE TEMPORARILY OPENED
STEDELIJK MUSEUM IS ONLY ALLOWED TO LET IN 457 VISITORS AT A TIME, THE FIRE BRIGADE
HAS DECLARED. THAT IS BECAUSE THE BUILDING ISN'T ENTIRELY FINISHED YET. THE MUSEUM
WILL BE OPEN BETWEEN 28 AUGUST AND 4 JANUARY 2011 SIX DAYS A WEEK.
WWW.PAROOL.NL

thematentoonstellingen en conferenties met
sterintellectuelen te plannen, en daarmee
het winstoogmerk dat er dik bovenop ligt,
toe te dekken met een mantel van fatsoen.
Je zou kunnen stellen dat discursieve
contexten *altijd* noodzakelijk zijn, ook
al neemt dit de vorm aan van boeken en
tijdschriften in de boekenstands; maar
intellectuelen die in kamertjes en hallen spreken of geïnterviewd worden – die
kunnen geen vlieg kwaad doen.

In deze scène is het makkelijk om de
weg naar succes te voorspellen. Kopers
willen snelle bevrediging (die Russen!)
en zijn steeds minder bereid om tijd te
investeren in het bezoek aan een galerie
om de kunstenaar en zijn werk beter te
leren kennen: waarom zou je er moeite
voor doen? De inhoud van de kunst op
deze markt mag daarom niet te moeilijk te
begrijpen, bezitten of liefhebben zijn en
moet makkelijk te bewaren en uit te lenen
zijn. De meeste kunstwerken kan de verzamelaar letterlijk onder zijn arm mee naar
huis nemen. Het kunstwerk moet verder bij
voorkeur een schilderij zijn, dat om verschillende redenen bij voorkeur refereert
aan de symbolische waarde van handwerk
of de continuïteit van het traditionele
kunsthistorische discours. Ten slotte moet
het een te nadrukkelijke politieke partij-
digheid vermijden, tenzij deze op een heel
eigen of expressionistische wijze wordt
verbeeld. Een 'plechtige' uitstraling
suggereert diepgang en scherpzinnigheid;
dit geldt voor elke kunstvorm: 'museum-
vriendelijke' video-installaties, films,
animatie, computerinstallaties en verkoopbare attributen van performances (met
een conceptueel, kunstachtig karakter).
Jonge kunstenaars (lees net afgestudeerd
van de kunstacademie) zijn zeer geliefd
bij kopers die speculeren op stijgende
prijzen.

Art Basel Miami. Foto Bill Wisser.

Het zelfbenoemde Resistanbul Commissariaat schrijft 'over de populariteit van
politiek geëngageerde kunst in musea en op
de kunstmarkt' – nou ja, tot op zekere
hoogte. De harde kern van de kunstwereld-
adepten die kunst beoordelen op basis van
criteria die anders zijn dan die van het
grote publiek, hebben misschien een voorkeur voor kunst met een kritische kant-
tekening, maar ik vrees niet om de juiste
redenen. Kunstwerken die zich engageren
met onderwerpen uit de 'echte wereld',
of die andere vormen van 'criticality'
tentoonspreiden, mogen dan een bepaalde
voldoening bieden en de kijker vleien,
maar dan moet de klasse of subjectieve
positie van de toeschouwer niet teveel op
de voorgrond staan. 'Criticality' kan verschillende vormen aannemen, erg abstracte
(wat ik 'algemene critique' heb genoemd,
die doordat zij de hele wereld of mensheid
onder de loep neemt eigenlijk niemand
specifiek aanspreekt) en is tot de kunstig-
ste capriolen in staat. Het genealogische
karakter van de kunstgeschiedenis leidt
vaak tot de acceptatie van 'politiek-
kritische' kunst uit het verleden en zelfs
van sommige hedendaagse kunst die hieruit
afkomstig is, wat onbedoeld de inwissel-
baarheid ervan benadrukt. Om het simpel
te zeggen, voor sommige kunstkenners en
verzamelaars, en waarschijnlijk ook voor
de nodige museale collecties, is 'criticality' een overtuigend en aantrekkelijk
handelsmerk geworden. Verzamelaars en

29/JUN/10
DNB SHOULD NEVER HAVE GIVEN DSB PERMISSION TO OPERATE AS A BANK.
THE COMMITTEE, LED BY PROFESSOR MICHIEL SCHELTEMA, HAS CONCLUDED
THAT DE NEDERLANDSCHE BANK (DNB) [THE DUTCH BANK] HAS INCORRECTLY
ALLOWED DSB TO OPERATE AS A BANK IN 2005. THE DNB DID ALSO NOT
ACKNOWLEDGE THE PROBLEMS AT DSB.
WWW.ELSEVIER.NL

musea adviseren een kritisch werk te verwerven kan een zekere sadistische aantrekkingskracht hebben.

Een laatste gemeenschappelijk kenmerk van de nieuwe, globale kunst is een makkelijk te begrijpen soort multiculturalisme, dat een verenigde naties-gevoel van verschillende, internationale stemmen op het menu van de kunst zet. Multiculturalisme ontstond als een behoefte om het begrip *verschil* ten aanzien van de kwaliteiten van burgers, vanuit een negatieve, naar een positieve sfeer te brengen. Door *verschil* echter op te vatten als een cosmetisch en dus oppervlakkig verschil, werd het lang geleden al een bureaucratisch middel voor sociale controle. Daarnaast werd het ook ingezet als marketingmiddel om verschillende smaakklassen samen te stellen. In een commercieel boek over wereldsmaken uit de jaren tachtig werd de universele vraag naar jeans en pizza als hét schoolvoorbeeld gepresenteerd van goede marketing: om goed te verkopen moet iets verschillend zijn, maar niet té verschillend. In deze context bestaat er zeker een bepaald vooroordeel jegens het globale, bedrijfsmatige internationalisme – dat wil zeggen neoliberalisme – maar dat heeft natuurlijk niets te maken met de vraag of de 'inhoudsverstrekkers' zich identificeren met links, met rechts, of met helemaal niets. Wanneer politieke opinies openbaar worden gemaakt, kunnen het maniëristische stijlfiguren worden.

Maar vaak is het ook de functie van biënnales en van hedendaagse kunst om een geopolitieke situatie zichtbaar te maken voor het publiek, wat betekent dat de kunst haar verkennende en kritische functie ten opzicht van de geopolitieke realiteit behoudt. Kunstenaars bezitten de vaardigheid om te condenseren en te ontleden en symbolisch complexe, sociale en historische processen zichtbaar te maken. In een internationale context is dit misschien de manier waarop politieke en kritische kunst de beste kans heeft om gezien, en echt begrepen te worden, want de 'critique' die kunst belichaamt is niet noodzakelijk gericht op de lokale situatie waarin men zich bevindt (als er sprake is van een lokale situatie, zou dat het best als een 'elders' omschreven kunnen worden). Ik zou daarom voorlopig mijn kritiek op 'algemene critique' moeten uitstellen. Ik ben daarnaast ook bereid om mijn kritiek op kunst die je zou kunnen classificeren onder de rubriek 'lang geleden en ver weg' weg te wuiven, omdat die ook een zinvolle educatieve en historische functie zou kunnen hebben. Maar daarbij moeten we niet vergeten hoe kwetsbaar deze kunst is voor het soort beschuldigingen zoals die door de Resistanbul groep werden gemaakt.

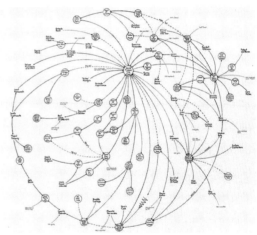

Mark Lombardi, *World Finance Corporation, Miami, Florida, c. 1970-79 (afl. 6)*, 1999, grafiet en kleurpotlood op papier, 90 x 117 cm (detail)

'Weg met het kritische onderzoek en critical studies', schreef ik hierboven, en het heden wordt inderdaad wel eens gezien als een postkritisch tijdperk, zoals elk door de commercie gedreven tijdperk zal zijn... 'Criticality' lijkt echter een moderne feniks te zijn: zelfs voordat de markt stagneerde was er nog nooit zo'n grote vraag vanuit jonge kunststudenten naar een ingang in 'critical studies', en in het verlengde daarvan, naar een inzicht in de tradities van kritische en activistische kunst. Ik denk dat dit te

2/JUL/10
SAATCHI GALLERY BECOMES A MUSEUM. THE BRITISH ART COLLECTOR CHARLES SAATCHI
DONATES HIS GALLERY AND OVER 200 ARTWORKS TO THE BRITISH STATE. THE GIFT HAS A
VALUE OF AROUND 30 MILLION EUROS. SAATCHI (67), WHO MADE THE ANNOUNCEMENT LAST
THURSDAY, WILL CONTINUE TO HEAD THE GALLERY, DESPITE THE DONATION.
WWW.PAROOL.NL

maken heeft met het feit dat jonge studenten onder druk worden gezet om succes te hebben op de markt en daardoor geen ruimte ervaren voor het doelloos, louter uit plezier experimenteren. Jonge mensen, zo wil het oudbakken cliché, reageren vaak met idealisme op gevestigde ideeën over de mensheid en willen de wereld verbeteren. Sommige kunstenaars hebben zelf ook direct ervaring met armoede en sociale negativiteit en koesteren misschien de wens om anderen hier bovenuit te verheffen – dan is het meer een kwestie geworden van sociale rechtvaardigheid. Jonge kunstenaars vinden onafgebroken nieuwe samenwerkingsvormen uit ten opzichte van de heersende norm in de rest van de kunstwereld, die echter weer 'kunstmatig' worden ontmoedigd om het artistieke entrepreneurschap en de nadruk op 'het handschrift' van de kunstenaar niet in gevaar te brengen.[42]

Ik kom terug op de vraag die eerder in dit artikel werd gesteld, 'of de keuze om een kunstenaar te zijn, betekent dat je er naar moet streven alleen de rijken te bedienen?'. Er was een tijd dat kunstacademies studenten waarschuwden om niet zo te denken, maar hoe kan de 'succesacademie' dit nog volhouden als de galeries niets meer van zich laten horen? (Misschien is het antwoord hierop dat schaarsheid alleen maar de wanhoop verhoogt; de grote piramide van worstelende kunstenaars die de basis vormen van de kleine top, wordt alleen maar groter aan de onderkant) Hoe dan ook, kunstenaars zijn koppig. De schrijvers van het Resistanbul manifest moedigen ons aan 'verzet te bieden op de straat en niet in de commerciële ruimtes die gereserveerd

zijn voor het tolereren van de institutionele kritiek'. Ja, natuurlijk. Er zijn altijd kunstwerken of 'acties', die buiten de kunstwereld gesitueerd zijn of die zich opzettelijk steeds in en uit 'het gouden getto' begeven. Ik ben er nog niet van overtuigd waarvoor we moeten kiezen. Tot dusver kwam er nooit een einde aan kunst met een kritisch perspectief. Al geldt dat helaas niet altijd binnen de markt en de succesmachine zelf, waar altijd het gevaar bestaat dat er aan de kunst teveel wordt aangepakt, vaak als onderdeel van een proces dat *gewoon tijd kost*. Het is deze kloof tussen de productie van het kunstwerk enerzijds, en hoe het wordt opgenomen of geneutraliseerd anderzijds, die het mogelijk maakt voor een kunstwerk om zich over de huidige conditie van de wereld uit te spreken.[43] Uiteindelijk is het niet de markt alleen, met zijn hordes aan verkopers, adviseurs en verbitterde critici die de betekenis en reikwijdte van kunst bepaalt: er is ook nog een gemeenschap van kunstenaars en de potentiële tegenpublieken die zij impliceert.

Dit essay begon als een lezing voor de Shanghai Contemporary Art Fair in 2009, op een symposium met als thema 'What is Contemporary Art?'. Volgens mij een volkomen onmogelijke vraag (hoewel ik me misschien wel een begin kon voorstellen met de andere vraag: 'Wat maakt hedendaagse kunst hedendaags?). Hoe dan ook, ik heb er toch gesproken. De poging om deze lezing, die voor een publiek buiten de V.S. geschreven was, om te zetten naar het huidige essay heeft geleid tot een artikel die geschreven werd door een commissie bestaande uit één persoon – ik – die op verschillende momenten voor verschillende lezers schreef. Lang geleden al had ik besloten om Brechts anti-egocentrische suggestie ter harte te nemen

○ ○ ○

[42] Ik voel enig ongemak bij het besef dat, zoals dat voor veel dingen geldt, de terugkeer van het collectief niet alleen aan de arbeidersraden van het communisme doen denken (of wat dacht je van Freuds 'primaire horde'), maar ook aan de quality circles bij Toyota, bedoeld voor

de bedrijfsmatige verbetering van de autoproductie in de jaren zeventig.
[43] Het is beter om niet bij voorbaat al ontspannen achterover te leunen in het rijk van beeldsymboliek; straatacties en publiek engagement vormen altijd de basis voor het hedendaagse burgerschap.

Als de tijd tussen het ontstaan van nieuwe vormen van verzet en de incorporatie ervan steeds kleiner wordt, dan geldt andersom dat de periode van de uitvinding en de hoeveelheid mensen die erbij betrokken is duidelijk veel, veel groter is.

20/JUL/10
LEHMAN COLLECTION UNDER THE HAMMER. COLLAPSED FINANCIAL SERVICES GIANT
LOOKS TO PAY OFF SOME DEBTS. SOTHEBY'S NEW YORK WILL SELL THE NEUBERGER
BERMAN AND LEHMAN BROTHERS CORPORATE ART COLLECTIONS ON 25 SEPTEMBER,
NOW THAT A BANKRUPTCY COURT HAS APPROVED THE SALE.
WWW.THEARTNEWSPAPER.COM

om mijn eigen schrijven op een nieuwe manier
kracht bij te zetten door met andere publieken
te communiceren en zo andere discoursen toe
te laten, of te kannibaliseren wanneer nodig.
Er zijn een aantal argumenten in dit essay die
ik eerder heb gebruikt in vroegere conferenties (de titel 'Take the Money and Run'
is hiervan ook afkomstig) en er zijn ook nog
andere citaten of parafrases van mezelf in
dit stuk verwerkt. Ik kwam er ook achter dat
ik eerdere thema's waarover ik schreef nu heb
geherformuleerd, zoals voortgang en ontwikkeling van artistieke autonomie, toewijding,
vervreemding en verzet en ook de inhoud en
omstandigheden van artistieke receptie en
educatie.
Ik wil hier graag Alan Gilbert, Stephen Quibb
en Stephen Wright bedanken voor hun fantasti-
sche hulp en adviezen bij het verkrijgen van
helderheid en samenhang en ook de historische
bekwaamheid in het artikel.

Dit essay werd voor het eerst gepubliceerd in
e-flux journal, Nummer 01 2010

Over de auteur:
Martha Rosler is een kunstenaar die in
verschillende media werkt, waaronder fotografie, sculptuur, video en installaties. Zij
is geïnteresseerd in de openbare ruimte en
de landschappen van het alledaagse leven –
echt en virtueel – en dan met name in hoe
deze vrouwen treffen. Andere projecten gaan
enerzijds over woningbouw en anderzijds over
transportsystemen en ze maakt al lang werken
over oorlog en het 'klimaat van nationale
veiligheid', waarbij zij alledaagse ervaringen
thuis verbindt met oorlogssituaties in het
buitenland. Weer andere werken, van busreizen
tot sculpturale recreaties van architecturale
details, zijn opgravingen van de geschiedenis.

WWW.NIETNAMENSONS.NL, WWW.LINKSEHOBBY.NU, WWW.WIJWILLENWILDERSWEG.NL, WWW.MCO.NL/MCO_PAGE/LAATUHOREN,
WWW.STOPCULTURELEKAALSLAG.NL, WWW.ZETCULTUUROPDEKAART.NL, WWW.NEDERLANDBEKENTKLEUR.NL/PETITIE.HTML,
WWW.FACEBOOK.COM/RECHTSE HOBBY, WWW.FACEBOOK.COM/ANTI GEERT WILDERS, WWW.FACEBOOK.COM PROTEST TEGEN
BEZUINIGINGEN KUNST/CULTUURSECTOR, WWW.MANIFESTVANTERSCHELLING.NL, WWW.NIETNAMENSONS.NL,
WWW.LINKSEHOBBY.NU, WWW.WIJWILLENWILDERSWEG.NL, WWW.MCO.NL/MCO_PAGE/LAATUHOREN,
WWW.STOPCULTURELEKAALSLAG.NL, WWW.ZETCULTUUROPDEKAART.NL, WWW.NEDERLANDBEKENTKLEUR.NL/PETITIE.HTML,
WWW.FACEBOOK.COM/RECHTSE HOBBY - WWW.FACEBOOK.COM/ANTI GEERT WILDERS, WWW.FACEBOOK.COM PROTEST TEGEN
BEZUINIGINGEN KUNST/CULTUURSECTOR, WWW.MANIFESTVANTERSCHELLING.NL, WWW.PLATFORMTEGENVREEMDELINGENHAAT.NL,
SAVEHEARTS-UK.BLOGSPOT.COM, WWW.PARTIJVOORDEKUNST.NL, HTTP://WWW.PIXELMAN.NL/RUTTE/INSTALLEREN.HTML

Acknowledgements and Colophon/ Met dank aan en colofon

The Shadowfiles is a journal published by de Appel arts centre focusing on its non-events/ *The Shadowfiles* is een periodiek dat zich richt op onbelichte activiteiten van de Appel arts centre.

Issue I - The Take the Money and Run project autumn 2010/ Uitgave I - Het Take the Money and Run project herfst 2010

Edited by/ Redactie:
Danila Cahen, Nell Donkers,
Ann Demeester, Edna van Duyn

English translations & proofing/
Engelse vertalingen & eindredactie:
Michael Gibbs, Colleen Higgins,
Gerrie van Noord

Dutch translations/ Nederlandse vertalingen:
Ingrid Commandeur, Edna van Duyn

Photography/ Fotografie:
Christie's, Collectors/verzamelaars,
Cassander Eeftinck Schattenkerk,
Rogier Taminiau

Design/ Ontwerp:
Marius Hofstede

Print/ Druk:
DeckersSnoeck, Antwerpen

Print run/ Oplage:
750 copies/ exemplaren

ISBN 978-90-73501-74-4

Thanks to/ Met dank aan:
Anna Andersson, Karin Anzivino, J.C.H. Bakker,
Reinout Bos, Aernoud Boudrez, Jan De Clerq,
Tati Freeke-Suwarganda & Leonard Freeke,
Galila's collection, Annet Gelink & Joeri Bakker
(Albertotashun Collection), Goethe Instituut,
Marian Goodman Gallery, Yvonne Grootenboer,
Krist Gruijthuijsen, Thea Houweling,
Judith van Ingen, Melina Karanika,
Martin Klosterfelde, Maxine Kopsa,
Jolie van Leeuwen, Cedric & Cookie Lienart de Jeude,
Paul Looijmans, Manon van Mertens Frames,
Alexander Mayhew, Margriet Nannings,
Oxenaar/Ophuis collection, Ad Petersen,
Timothy Plevier, Beat Raeber, Boyd Raymond, S. R.,
Galerie Esther Schipper, Warren Siebrits, Luis Silva,
Laure-Anne Tillieux, David Tomas, Jop Ubbens,
Sarah Vanhee, Arno Verkade, Bregje van Woensel,
De Paviljoens, Frans Halsmuseum, De Hallen